KB242939

이미지걸스

… 인스타그램 ☀ B612 캔디카메라 스노우 드림하이

ⓑ 네이버 밴드 카카오스토리 얼짱시대 싸이메라

ⓟ 픽스아트 두발규제 부치 티부 투블럭 오프숄더

빨간색 아이섀도 초커 처피 뱅 히메컷 ♫ 레옹

꾸안꾸 퍼스널 컬러 에스파 틴더 갓생

라이브 포토 환영주의 폴댄스 안희정 성폭력

탈코르셋 강남역 살인사건 혜화역 시위 슬럿 셰이밍

브래지어 톤그로 넘사벽 닷페이스 프리쿠라

#OpenToWork 아이폰 감성 퍼스널 브랜딩

이수역 폭행 사건 픽시컷 이때다 바이섹슈얼

레즈비어니즘 코로나19 상수록 앞머리 탈색 연표 …

2018년은 친구들의 화장과 머리카락 무게가 가벼워지던 해였다. 트위터와 페이스북은 늘 논쟁, 계몽, 연대, 질책, 고백의 언어로 부글부글 끓어넘쳤다. 나는 심심할 때마다 피드를 새로고침하며 시간을 보내곤 했는데, 어디서 봤는지 기억도 잘 안 나지만 내 마음을 선명하게 사로잡은 이야기가 있었다. 한 초등학교 교사가 어린이들에게 숙제를 내준다. 여러분의 눈을 설명해 보세요. 커요, 작아요. 쌍꺼풀이 있어요, 없어요. 여자아이들이 답한다. 남자아이들은 조금 다르게 답한다. 시력이 1.0이에요. 나라면 뭐라고 답했을까? 그것만으로 누군가를 판단할 수는 없을 것이다. 하지만 그간 내가 나의 몸을 남의 시선을 경유해 보고 있었다고 생각하니 많은 것을 놓친 기분이었고, 놓친 것들을 바로잡고 싶었다. 얼마 안 가서 긴 머리를 투블럭으로 잘랐다. 그 머리가 마음에 들지는 않았다.

나는 1999년에 태어났다. 내 또래 여자애들은 아주 어릴 때부터 무수한 여성의 이미지를 보며 자랐다. 나는 그림을 그릴 때마다 왕관, 하트, 꽃, 나비를 그리는 애였고, 핑크색 공주 드레스를 입고 싶었지만 친구한테 그 자리를 뺏겨 어쩔 수 없이 노란색 드레스를 입은 애였다. 15살이 됐을 때는 『악마는 프라다를 입는다』를 읽고 깊은 감명을 받아 『보그 걸』지를 월마다 사 읽었다. (『보그』지는 어려워서 차마 사지 못했다….) 나는 잡지에 나오는 패션과 화장을 하나하나 외울 기세로 읽고 스크랩북을 만들었다. 내가 그리는 미래상은 이미지들로 구축되었다. 록 밴드 프론트맨의 여자친구로 유명했던 패션모델의 페스티벌 룩, 성공한 여자들이 신는다는 크리스찬 루부탱과 프라다의 스틸레토 펌프스, 사랑스럽고 육감적인 매력을 더해주는 라즈베리 립스틱이 미래에서 아른거리며 어서 오라고 손짓했다. 잡지를 읽지 않아도 세상은 착실히 스크랩해야 할 여자들의 이미지로 가득했다. 그 이미지는 달콤한 바닐라 향기를 풍기며 가부장제, 성 상품화, 자본주의의 목소리와 함께 뒤섞여 있었다.

프로젝트를 시작한 2022년, 문제는 조금 더 복잡해졌다. 많은 2030 여성들은 이미지를 소비하는 일만큼 생산하는 일에도 적극적으로 가담하며 이미지와의 새로운 관계를 만들어나가고 있었다. 셀러브리티, 유튜버와 비슷한 위계로 피드를 떠다니는 친구들의 사진을 하루에도 수십 번씩 마주했다. 때때로 이 이미지들을 나와 비교하고, 평가하고, 부러워하거나, 조작의 흔적을 찾아내며 중독적인 피로감을 느끼기도 했다. 그렇게 타인의 이미지 속에서 헤엄치다가 나를 마주하는 일에는 늘 좌절이 따른다. 매끈한 이미지 사이로 빠져나오는 것들을 틀어막기도 하고 '추구미'와 나 사이의 간격을 좁혀보려고도 하지만 끝내 실패한다.

팀 이미지걸스는 "여성은 이미지로부터 해방될 수 있을까?"라는 질문에 대한 답을 찾기 위해 모였다. 많은 대화를 나누며 우리는 완벽한 해방의 열쇠란 존재하지 않지만, 해방의 순간을 찾고 그 순간을 자신의 힘으로 만드는 것이 해방을 향한 운동이 될 수 있다는 결론을 내렸다. 탈코르셋과 바디 포지티브가 자신의 힘을 중심으로 하는 운동이라면, 팀 이미지걸스는 타인의 시선에서 힌트를 찾고자 했다. 우리가 우리 자신을 이미지로 보는 것은 타인을 이미지로 보기 때문이다. 우리는 서로를 이미지로부터 해방시킬 수 있다.

이러한 가설도 세웠다. 한 사람의 화려하게 꾸며진 필터 셀카가 있다. 이러한 이미지 하나만으로 그 사람을 알기는 어려울 것이다. 하지만 10년 동안 찍은 이 사람의 셀카를 한눈에 모아 본다면? 이미지의 연속 속에서 그 사람의 몰랐던 면을 발견할 수 있지 않을까? 함께 이야기 나눌 여자 친구들을 모집했다. 우리는 거실에 모여서 맛있는 빵을 나눠 먹으며, 혹은 화상으로 만나서 각자의 개별적인 서사와 그 시대에 함께 겪었던 사건들의 타임라인, 그 사이에서 해온 각자의 다양한 외모 실천을 이야기했다.

이 지면을 빌어 프로젝트를 함께한 혜림과 수운을 비롯한 참여자들에게 고마운 마음을 다시 한번 전하고 싶다. 프로젝트를 도와주려는 친구들의 우정 어린 마음으로 이미지걸스가 모였기에 다수의 참여자들이 시각 예술 분야에서 공부하거나 일하는, 페미니즘의 영향을 깊게 받은 사람들이다. 그렇기에 이 인터뷰에 공감하기 어려운 독자도 있겠지만, 이 책이 자신의 이야기를 돌아보고 말하는 물꼬를 틀 수 있었으면 좋겠다. 친구들과 함께 혹은 혼자 셀카를 회고해보고, 들려주고 싶은 경험이 있다면 SNS에 #이미지걸스 해시태그를 달아 게시해주셔도 좋을 것 같다.

여자들이 머리스타일을 바꾸는 것, 화장을 바꾸거나 하지 않게 되는 것 같은 실천에는 그 자신이 알지 못할지라도 '그냥' 이상의 사회적·심리적 맥락이 있다. 일상에 범람하는 이미지들의 표면만을 평가하기보다 이미지 생산 주체들의 미적 실천의 맥락, 그들이 이미지와 맺고 있는 관계에 주목해보자고 제안하고 싶다. 호기심과 애정이 우리가 서로를 대하는 원동력이라면 좋겠다.

만녕하세요, 이미지걸스의 헵시,
혜림입니다. 프로젝트에
참여해주셔서 진심으로 감사드립니다.

이런 이야기를 나눌 거예요

- 10년 치 셀카를 찾았을 때의 소감은 어땠나요?

- 들었던 감정, 새로 알게 된 점이 있었나요?

- 찾기 어려웠거나 고르기 어려웠던 셀카가 있었나요?

- 모은 셀카를 연도별로 따라가 봅시다. 다음 질문을 살펴보며
  자신의 이야기를 돌아가며 이야기해 주세요. 다른 사람의
  이야기를 듣고 공감되는 점이나 떠오르는 생각이 있다면
  이야기해도 좋아요.

- 어디서 찍은 셀카인가요? 어떤 장소인지, 상황이었는지 기억나는
  대로 얘기해 주세요.

- 무엇으로 찍은 셀카인가요?

- 이 셀카는 이 당시의 자신을 있는 그대로 담은 셀카라고
  느끼시나요?

- 나는 이때 어떤 사람이었나요?

- 어떤 사람이 되고 싶어 했나요?

- 셀카를 연출했다면, 어떤 이미지를 연출했나요?

- 셀카를 연출하지 않았다면 어떤 이유인가요?

- 다른 연도의 셀카와 비교하면 어떤 변화가 있나요?

시간

- 2022년 10월 22일 토요일: 도이, 다솔, 겨자, 예진
- 2022년 10월 23일 일요일: 럼럼, 던던, 제옹
- 2022년 11월 8일: 다회
- 2022년 11월 19일: 가빈

장소

- 그룹 인터뷰: 서울 ○○구 ○○동
- 일대일 인터뷰: 구글미트

함께 약속합시다

- '여성과 이미지'에 대해 이야기를 나누는 만큼 개인적인 이야기가 오갈 수 있어요. 서로를 판단하지 않는 마음으로 이야기를 경청해 주세요.

- 다른 사람의 셀카 속 겉모습보다는 이야기에 집중해 주세요. 이야기를 듣고 공감 가는 부분, 관련해 떠오르는 나의 경험을 이야기해도 좋아요. 특히 "예쁘다", "얼굴이 역변했다" 등 외모를 평가하는 이야기는 지양해 주세요. 꼭 해야 한다면 이런 이야기를 하면 어떨까요? → "행복해 보인다", "풋풋하다" 등

- 인터뷰 시간에 제한이 있어요. 이야기를 길게 나눠도 좋지만, 이야기를 많이 하지 못한 사람이 있다면 그 사람의 이야기를 더 물어봐 주세요.

.·˚˙·˚°+◇ 호스트 ◇+°˚·˙˚·.

혜림 02년생 시각디자인과 학생. 셀카는 거의 찍지 않고 종종 주변의 풍경을 찍는다. 프로필 사진으로는 주로 귀여운 캐릭터를 선택한다. 그러다 프로젝트에 합류하며 여성의 셀카를 탐구하게 된다. 인터뷰의 이야기를 들으며 '셀카 찍는 마음'에 대해 알아간다.

헵시 99년생 시각디자인과 학생. 셀카 찍는 여자와 꾸미는 여자들 혹은 꾸미지 않는 여자들이 조금만 빈틈을 보이면 쉽게 경멸을 받는다는 사실이 속상했다. 그러다 피드 속 사람을 싫어하기는 쉽지만 솔직한 대화를 나눠본 사람을 싫어하는 건 어렵지 않을까 기대하는 마음으로 셀카 인터뷰를 제안했다.

도이 95년생. 유아교육과를 전공했지만, 인터뷰 당시에는
디자인을 공부하며 자신이 원하는 길을 찾아가는 중이었다.
현재는 영화·드라마 소품 회사에 다니며 유치원의 꾸미기
활동에서 쌓아온 스킬을 현장에서 유용하게 발휘하고 있다.
헵시와는 4주짜리 댄스 수업에서 만났다.

겨자 93년생. 인터뷰 당시 금융계 회사에서 디자이너로 일했다.
회사 분위기에 맞춰 단정하면서도 멋있는 옷을 자주 입었다.
부엉이라는 고양이와 함께 살면서부터는 옷에 항상 긴 털이
붙어있다. 클라이밍을 최고의 스포츠로 꼽는다. 헵시와는 영화
동아리 '조찬클럽'에서 만났다.

다솔 겨자의 친구. 인터뷰에서 이야기를 함께 나눌 친구로
겨자와 동행했다.

예진 01년생. 예술가, 연구자, 전 활동가, 인스타그램 파워
업로더 등의 다양한 정체성을 가지고 있다. 요즘은 인류학을
공부하는 데에 가장 많은 시간을 쓰고 있다.

럼럼 98년생. 스타트업에서 일하고 있지만 가장 하고 싶은 것은 글쓰기이다. 바이섹슈얼로 정체화한 퀴어 기독교인이다. 대학교 친구의 소개로 헵시와 친구가 되었다. 마마무 화사를 좋아한다.

제옹 98년생. 디자인 외길 인생을 걷다가 현재 에이전시에서 UX기획자로 일하고 있다. 이전에는 연애와 화려한 옷에 관심이 많았지만, 지금은 자신의 경제력과 '장르 불문 내 맘에 드는 것'에 관심을 두고 있다. 헵시, 예진과 같은 고등학교를 나왔다.

던던 02년생. 학교에서 디자인을 배우다 현재는 휴학을 하고 여러 관심사를 탐구하는 중이다. 어릴 때는 화장에 관심이 많았다면, 최근에는 옷이나 '나 자신의 분위기를 만드는 것'에 더 관심을 가지고 있다. 수운과 같은 고등학교를 나왔다.

다희 98년생. 6년 동안 여러 회사에서 회계 업무를 하다가
현재는 학교에서 경영학을 전공하며, 바리스타 공부도 하고 있다.
헵시와 같은 중학교를 나왔다. 글쓰기, 특히 인스타그램 비공개
계정에 일기 쓰는 것을 좋아한다.

가빈 01년생. 스무 살까지 다큐멘터리 감독을 꿈꾸다가
지금은 브랜드 디자인을 공부하고 있다. 헵시와 학교
학생소수자권리위원회에서 만났다. 이모의 강아지 후쿠와
각별한 사이였다.

자기소개

헵시 〈시각디자인 워크숍〉 수업에서 '여성은 이미지로부터 해방될 수 있을까?'라는 질문을 발제하고 관심을 보여준 수운, 혜림과 함께 '이미지걸스' 팀을 꾸려 프로젝트를 시작하게 됐다. 셋이 이야기를 나누며, 이미지와 완전히 반대에 있는 무언가를 찾기보다는 이미지의 연속 안에서 해방의 모습을 상상하고 싶었다. 셀카를 매개로 이야기를 나눌 참여자들을 모으게 되었다. 참여해 주셔서 감사하다.

나의 경우 사회적 거리 두기 기간에 인스타그램 피드에서만 보게 되는 친구들이 있었는데 인플루언서, 연예인 사진들과 섞인 채로 보이게 된다. 이미지에 갇힌 사람만을 보는 것에 대한 피로한 감정도 올라왔다. 이럴 때 이미지만을 보는 게 아니라 애정을 가지고 그 사람의 이야기를 좀 더 알고 보면 뭔가 다르지 않을까 하는 마음이 들었다. 프로젝트를 통해 우리가 다른 사람을 좀 더 이해하려는 대화를 연습했으면 좋겠다고 생각했다.

혜림 여러분이 보내주신 셀카를 보며 이 프로젝트에 애정을 더 가지게 되었다. 여러분과 이야기 나누면서 좀 더 많은 경험을 같이 풀어나가고 싶어 기대 중이다.

도이 헵시가 제안을 해줘서 참여하게 됐다. 왜 나를 섭외했을까 생각해 보면, 평소에 나는 SNS에 셀카를 엄청 많이 올린다. 맨날 똑같은 구도에 비슷한 느낌. 셀카를 일상적으로 찍으면서도 왜 찍고 있는지 생각해 본 적이 별로 없었다. 이번 기회에 함께 얘기하고 생각해 보면 재밌을 거 같아서 기대하고 있다.

겨자　모집 글이 흥미로워서 참여하게 되었다. 나는 셀카를 많이 찍는 사람은 아니고 특별한 날에 그냥 나 오늘따라 괜찮은 것 같은데? 내가 좀 빛나 보이는데? 이런 순간을 찍는다. 셀카 자체가 나한테 특별한 행위인데, 그래서 다른 사람들의 이야기도 들어보면 셀카가 나와 어떻게 연관이 있을지 답을 찾을 수 있을 것 같다는 생각이 들었다.

다솔　겨자가 이번 프로젝트에 참여하는데 같이 이야기를 나눌 친구로 오게 되었다. 나도 평소에 깊이 생각하지 않았는데, 요 며칠 생각해 보니 재미있고 흥미로운 주제라고 생각했다.

예진　왜 참여했냐고 하면⋯ 헵시에게 도움받은 게 너무 많아서⋯.

헵시　(웃음) 맞다. 예진도 전에 과제로 나를 인터뷰했다.

예진　학교 선후배 사이인데 서로 도움이 되는 게 좋으니까 왔다.

럼럼　처음 헵시에게 연락이 왔을 때는 깊은 생각 없이 한다고 했다. 셀카를 찾다 보니 이걸 왜 하는지 취지에 너무 공감이 갔다.

그래서 기대감을 안고 참여하게 되었다.

던던 수운이 모집 글 올린 걸 보고 '진짜 멋있는 거 한다'라고 디엠을 보냈다. 그런데 원하면 인터뷰 참여해도 좋다고 말해주어서 참여하게 되었다.

제옹 나는 어렸을 때부터 지금까지 머리에 장난을 많이 쳤다. 머리만 봐도 그때 당시 내가 어떤 모습이었는지 알 수 있다. 이렇게 모아두니까 나의 달라진 모습들이 많이 보이더라. 그래서 참여하게 되었다.

+ ˚ ✳ ˳

헵시 10년 치 셀카를 찾는 게 평소에 잘 안 하는 일 아닌가. 다들 셀카를 찾으면서 어떤 느낌이었는지 궁금하다.

도이 창피하기는 한데 모아서 이렇게 일렬로 나열해 보니 추구하고 싶었던 이미지가 있네? 내가 꾸준하게 원했던 허상의 이미지가 있었나 보다 하는 생각이 들었다. (웃음)

겨자 나는 원래 사진을 되게 못 찍어서 엄청 많이 찍는다. 뭘 하나 건지려고. 그래서 엄청나게 많은 스크롤을 해야 했다. SNS도 이곳저곳 뒤지며 인스타그램 넘어갔다가, 네이버 클라우드도 뒤졌다가 페이스북도 뒤졌다가 왔다 갔다 했다. 왜냐하면 핸드폰도 몇 번 바뀌었고 이미 지워버린 기억들이 있으니까. 그렇게 방대한 아카이브를 찾으면서 셀카뿐 아니라 그 옆이나 앞, 뒤에 있던 이미지도 같이 볼 수 있어서 재밌었다.

헵시　나도 겨자처럼 갤러리 사진이 연동된 네이버 클라우드를 주로 뒤졌는데 내가 생각보다 남의 셀카를 많이 저장했더라. 친구들 것. 별로 친한 친구가 아니어도 '이 사진 좀 예쁘네' 싶으면 저장해놨다. 남을 참 많이 동경하고 살았다는 게 보여서 재미있었다.

예진　나는 매번 파일을 백업하지 않아서 핸드폰을 바꾸면 사진이 다 날아간다. 이 사진들은 SNS에 있는 것들이다. 페이스북을 시작한 2015년부터 기록이 남아있었는데, 나는 아카이빙을 SNS로 하는 경향이 있다.

✳˚♡

럼럼　수치심이 들었다. (웃음) 내가 이렇게 셀카를 가지각색으로 많이 찍었다고? 라는 생각이 들고 어렸을 때 사진을 보니 당시 나의 의도가 투명하게 보여서 말로 할 수 없는 수치심이 들었다.

던던　맞다. 나도 다른 건 다 어떻게 참고 견디겠는데 표정이

　사진을 공유하는 소셜 미디어 플랫폼. 인터뷰에서 시작하는 연도인 2013년이 되기 한 달 전 한국에 론칭하여 현재 한국에서 가장 영향력 있는 소셜 미디어로 자리잡았다.

너무하다. 입술을 왜 그렇게 자꾸 내밀었는지 모르겠다. 나를
보며 왜 저래 싶은 느낌이다.

럼럼　나도 내 사진들 찾으며 그랬다. 왜 저래.

던던　주변에서 아무도 안 말린 게 원망스러운 느낌.

헵시　그땐 다들 그래서 말릴 수가 없었다. 약간 부끄럽기도
하지만 보다 보면 귀엽지 않나.

♡⁎˚

다희　지우(친한 친구)가 주변 친구들의 사진을 열심히 모으는
사람이라, 지우가 다 찾아줬다. 평소에도 가끔 단톡방에
옛날 사진을 뜬금없이 올리는데 예전에 그냥 봤을 때는 너무
창피했다. 왜 저러고 찍었지. 그런데 프로젝트를 위해 다시 보니
열심히 포토샵을 배워 유행을 따라가려고 했던 게 귀여웠다.

♥´.•´ ´.•´ 2013 − 2015 ✳´♡¸.•´´♡

Ⓨ Ⓔ Ⓐ Ⓡ

Ⓜ Ⓞ Ⓝ Ⓣ Ⓗ

- - - - - - - - - - -

❷❶❶❸

소셜미디어 10대
뷰티 브랜드 언급량 1.7배
증가

한국여성의전화,
남편이나 남자친구에
의해 살해당한 여성 최소
123명 집계

⓪①
소녀시대,
〈I Got A Boy〉 발매

코미디언 권미진 블로그
레시피로 해독주스
다이어트 유행

씨스타19,
〈있다 없으니까〉 발매

⓪②
〈얼짱시대〉 종방

대한민국 제18대 대통령
박근혜 취임

〈겟잇뷰티〉 리뉴얼 후 첫
방영

⓪③
SBS 〈끼니반란〉 방영
이후 간헐적 단식 열풍

⓪④
4minute, 〈이름이
뭐예요?〉 발매

⓪⑥
씨스타, 〈Give It To Me〉
발매

⓪⑦
f(x), 《Pink Tape》 발매 후
테니스 스커트 유행

⓪⑧
〈마녀사냥〉 첫 방영

①⓪
아이유, 〈분홍신〉 발매

❷❶❶❹

구글 브랜드 검색어 미샤,
에뛰드 하우스, 토니모리
TOP 10 이내 진입

⓪①
걸스데이, 〈Something〉
발매

⓪②
아이오페 페이스북
〈별에서 온 그대〉 천송이
메이크업 영상 공개

2NE1, 〈Come Back
Home〉 발매

⓪③
에이핑크, 〈Mr. Chu〉
발매

⓪④
세월호 침몰 사고

⓪⑤
f(x), 〈Red Light〉 발매

씨스타, 〈Touch my
body〉 발매

⓪⑧
박보람, 〈예뻐졌다〉 발매

①⓪
한국 뷰티 유튜버
선두주자 씬님 20만
구독자 달성

①①
에이핑크, 〈LUV〉 발매

교보문고 페미니즘 도서
판매량 전년 대비 77.5%
급성장

같은 제품이어도
여성용이 더 비싼
'핑크택스' 신조어 확산

⓪③
레드벨벳,
〈Ice Cream Cake〉 발매

miss A, 〈다른 남자 말고
너〉 발매

⓪⑤
데이팅 앱 틴더 한국 진출
본격화 선언

⓪⑧
인터넷 커뮤니티
메갈리아의 등장

셀카 앱 B612 출시
14개월 만에 전세계
다운로드 1억 건 돌파

박명수&아이유, 〈레옹〉
발매

⓪⑨
셀카 앱 스노우 출시

①⓪
태연, 〈I〉 발매

도이 사실 2013년 사진이 2014년 2월쯤에 찍은 것이다. 그래도 2013년의 사진으로 분류하고 싶었다. 학창 시절에 부모님이 진짜 엄격해서 핸드폰이 없었다. 아빠의 카메라로 찍은 것도 날아가서 10대의 기록이 없다. 친구들이 핸드폰으로 사진을 찍고 노는 모습이 부러웠는데 핸드폰이 없어 함께 찍을 수 없다는 걸 티 내고 싶지는 않았다. 자존심이 있어서. 대학교에 합격하고 졸업할 때쯤 부모님이 핸드폰을 처음 사주셨다. 졸업식 날 교복을 마지막으로 입었을 때 교복 사진을 꼭 남기고 싶어서 집에서 찍은 사진이다. 이날 내가 어떤 마음으로 왜 사진을 찍었는지 정확히 기억난다. 이 사진을 가져와 주셔서 감사하다. (웃음)
　　　　2014년부터 2015년까지 당시에 사귀던 남자친구가 있었다. 그 사람은 나에게 원하는 명확한 이미지가 있었다. 청순하고 아무것도 모르고, 귀엽고 사랑스러운 이미지를 항상 요구해 왔다. 나도 페미니즘을 접하기 전이라 잘못됐다고 생각하지 못했다. 사랑받고 싶다는 마음에 칭찬을 받으면 칭찬에 맞춰 나를 자꾸 바꾸게 되었다. 바꿨단 생각보다는 나도 그런 청순하고 귀여운 이미지를 동경한다고 생각했다. 셀카를 찍을 때도 그런 느낌을 담기 위해 당시에 각도 같은 걸 참 많이 연구했다. 어떤 각도가 제일 괜찮아 보이나? 하면서.

헵시 남자친구가 요구한 거 말고, 그 이미지에서 도이가 좋아하는 모습이 조금이라도 있었다고 느끼는지.

도이 정확하게 분리가 되지는 않는다. 나에게 여러 가지 모습이 있지만 남자친구가 좋아하는 것과 내가 좋아하는 것 중 일치되는 지점만 내 이미지라고 생각했다. 귀엽고 청순한 모습을 전혀 원하지 않았다기보다는 상대의 요구에도 맞고 나도 마음에 드는 이미지를 찾았을 때 거기가 합의의 지점이라고 생각했던 것 같다.

헵시 청순하고 귀여운 이미지를 연출하기 위해 시도했던 것들이 궁금하다.

도이 2014년에는 여드름이 많이 나는 체질이었다. 브이를 했던 것도 여드름을 가리려고 한 거다. 이런 쌀 셀카 같은 것도 엄청 유행하지 않았나.

헵시 쌀 셀카? 이런 걸 쌀 셀카라고 부르는 건가? (웃음)

겨자 약간 스머지Smudge 된 느낌이다.

도이 (웃음) 몰라. 뭐지? 뭐라고 부르더라? 아무튼 ☀B612나 ▨ 캔디카메라를 사용한 것 같은데, 얼굴이 뽀샤시해보이고 피부가 좋아 보이는 보정이 들어가는 걸 좋아했던 것 같다. 2014년에 찍은 셀카는 모두 볼을 이러고(뿌 하는 표정) 있다.

☀▨ 포토원더와 함께 2014~2015년에 한국에서 큰 인기를 끌었던 대표적인 셀카 앱들. 피부 보정 효과가 있는 여러 가지 포토 필터를 지원했다.

진짜 킹 받게(열 받게)….

일동 (폭소)

헵시 킹 안 받는데!

도이 (웃음) 내가 얼굴이 동그란 편인데 그 점을 싫어했던 것 같기도 하다. 각도를 옆으로 틀면 얼굴이 갸름해 보이지 않나. 그걸 굉장히 많이 활용하려고 했던 것 같다. 2015년에도 입술을 조금 벌리고 브이 라인을 만들려고 애쓴 흔적이 있다. 지금은 셀카를 일상적으로 막 찍는데 이 당시엔 예쁘게 꾸미고 화장이 잘된 날에 사진을 많이 찍었다. 2015년에도 당시 유행하던 코랄빛 틴트를 발랐다. 마침 살도 조금 빠졌고 그날따라 내 모습이 마음에 들었다. 그래서 엄청 많은 양의 사진을 찍고 건진 사진이다.

럼럼 2013년, 중학교 3학년 때 가족 여행을 갔다. 어렸을 때부터 안경을 썼는데 이때 예뻐 보이려고 안경 벗고 필터를 마구 넣고 찍었다. 이 당시에는 이 사진이 내가 지금까지 찍은 것 중에 최고의 셀카라고 생각해서… (웃음)

던던 인생샷.

럼럼 인스타그램 프로필 사진으로 해놨다. 2014년에 찍은 사진 보면서 수치심을 많이 느꼈다. 이때는 후드티에 모자가 잘 어울리면 되게 멋있을 것 같다고 생각해서 이렇게 찍었던 것 같다.

던던 2015년, 중학생 때까지는 페이스북을 제일 많이 했다. 사진을 자랑하려고 올리면 친구들이 "이거 프로필 사진 감이다. 이거 프사 해라." 하는 댓글을 달아줬다. 이 사진은 너무 부끄러운데 14살 때다. 어린데 되게 어른스러워 보이고 싶어 하는 걸 확연하게 보여주는 것 같다. 2016년은 ☁ **스노우** 앱이 유행할 때다. 이런 앱에서는 보정이 많이 들어가니까 막 찍어도 어느 정도 잘 나온다. 그래서 이런 앱을 이용해 찍기도 했다. 2017년에는 인스타그램을 더 많이 하고 페이스북을 더 적게 사용했다.

럼럼 기억이 잘은 안 나지만, 나는 반대로 학생 콘셉트, 〈💭**드림하이**〉에 나올 것 같은 이미지를 갖고 싶어 했다. (웃음)

헵시 나는 〈공부의 신〉의 지연….

럼럼 그래서 아까 말했듯이 후드티가 잘 어울리는 모습을 동경하기도 했다. 그런데 막상 분위기를 내고 찍었을 때

☁   아시아에서 가장 인기 있는 AR 카메라 앱. 얼굴을 자동으로 인식해 얼굴형 바꾸기, 코 좁히기, 턱 길이 조절, 눈동자 키우기 등 수십 가지의 얼굴 보정 기능과 다양한 스티커 필터를 제공한다.
💭   예술고등학교를 배경으로 한 청소년들의 성장기를 다룬 KBS 드라마.

생각만큼 안 나와서 혼자 실망하고 그랬다.

제옹　나도 학생 때여서 검은 머리에 무난한 화장을 하는
정도였다. 인스타그램을 갓 시작해서 사진을 엄청 많이 찍었다.

던던　나는 항상 어딜 가나 초면에 "나 몇 살일 것 같아?"라고
물어보면 정확히 맞히는 사람이 아무도 없을 정도로 내 나이보다
좀 많게 보였다. 그걸 싫어하지 않았다. 남들은 나에게 너무 기분
나빠하지 말라 하는데 오히려 즐겼다. 언니, 오빠들이랑 친하게
지내는 것도 재미있었다. 그래서 사진들이 대부분 어른스러워
보이고 싶어 하는 분위기를 담고 있다. 애인데 왜 이렇게 애답지
않게 찍었지? 이런 사진들이 많다.

럼럼　2014년에 찍은 사진은 당시에 ⓑ 네이버 밴드에 올린
것이다. 공부하러 가기 전에 나 공부하러 간다 하고 인증샷을
올리는 용도였다. 학교 반 친구들이랑 만든 모임인데, 명목은
공부 인증이지만 놀기도 했었다.

헵시　공부 인증샷 셀카의 특징이 있었는지.

럼럼　갑자기 찍은 거지만 물론 첫 번째 찍은 걸로 올리진
않았다. 여러 번 찍어보고 괜찮겠다 싶은 걸로 보냈다. 지금

ⓑ　　네이버의 폐쇄형 커뮤니티 소셜 네트워크 서비스. 특정 목적의 소규모
그룹을 만들어 이미지와 소식을 공유하는 용도로 사용된다.

보니까 웃기다. 옛날 사진은 대부분 밴드에서 옛날 계정을
살려서 찾았다.

+°*。

예진　2015년은 핸드폰을 사용하던 시기였는데, 당시에 내가
보정 앱을 잘 못 다뤄서 친구들이 대신 내 셀카를 보정해 주었다.
친구들이 너는 사진발을 못 받으니까 얼굴을 되도록 가리자는
말을 들었다.

도이　헐. 슬퍼!

예진　대부분 모자이크 효과를 사용하거나 세모 스티커를
얼굴에 붙여서 하관을 가렸다. 이게 예쁘니까 ♡**카카오스토리**
프로필 사진을 이걸로 하라고 했는데, 그런 식으로 친구들
사이의 셀카 디렉팅 문화가 있던 시기였다. 2016년부터는
페이스북을 시작했고 2015년의 셀카는 이것밖에 남아있지
않다. 이건 친구들과 셋이서 찍은 셀카인데 옆에 나온 친구들은
모자이크 효과로 지워져 있었다. 당시에는 모자이크를 많이
사용했다.

헵시　맞다. 모자이크로 코랑 입 가리는 것도 있었고,

♡　인스타그램과 같은 사진 중심 소셜 네트워크 서비스. 2012년부터
　인터뷰 참가자들을 포함한 10, 20대 유저들에게 인기를 끌었으나
　2015년경부터 페이스북이 주류로 자리잡으며 현재는 중장년층의
　플랫폼이 되었다.

〈🎭 얼짱시대〉 스타일의 셀카가 트렌드였다. 꽤 오래갔던
유행으로 기억한다.

예진 지금 보면 모자이크 효과 너무 별로다. 미감이 별로다.
그걸 왜 많이 썼을까 싶다. 나는 〈얼짱시대〉를 보지 않았다.
있는지도 몰랐었고. 그냥 그 친구들한테 영향을 많이 받았다. 그
당시엔 그게 멋있는 줄 알았지.

♡✳˚

다희 2013년 사진은 당시 유행하던 트렌드를 따라 한 건데,
손으로 'LOVE' 동작을 하고 찍어 네 장을 이어 붙이는 셀카가
유행이었다. 그때 막 나를 꾸미기 시작하고 유행에도 민감하던
시기였다. 싸이월드 세대다 보니, 그때만의 인터넷 얼짱들을
동경하고 훈녀생정도 챙겨 봤다. 가장 좋아하던 얼짱은 도회지다.
잡티를 지우기 위해 얼굴을 하얗게 보정하기도 하고, 고양이
코를 그린 사진도 많다. 세모나 손바닥 모양 스티커로 턱을
가리기도 하고, 포토샵으로 머리를 염색하기도 했다. 아무튼
유행을 엄청 많이 따랐다.

헵시 제옹의 하얀색 필터가 적용된 사진은 어떻게 찍은 건지
궁금하다.

🎭 인터넷 얼짱들을 오프라인에서 보여주겠다는 취지의 프로그램이다.
코미디TV에서 2009년부터 2013년까지 방영되었고, 홍영기,
한아름송이, 도회지 등 유명한 얼짱들이 출연했다.

제옹　파워캠으로 찍은 것 같다. 2014년 사진은 B612로 찍었던 거 같다.

던던　나는 📷 싸이메라와 ⓟ 픽스아트를 사용했다. 나는 이때부터 보정을 했었는데 '픽스아트를 잘 쓰는 나'에 대한 자부심이 있었다. "포토샵 왜 해? 핸드폰으로 할 수 있는데." 이런 마인드였다. 그리고 내가 입술이 하얀 게 콤플렉스라 항상 입술을 붉게 픽스아트로 그렸다. 눈 크기를 키우는 것도 티 안 나게 할 수 있었다.

헵시　그럼 친구들 사진 보정도 많이 해줬나.

던던　그렇다. 언니네 반 단체 사진 같은 것도 색 보정을 담당해 줬다.

헵시　맞아. 반마다 사진 보정 고수가 있었다. 지금은 친구들끼리 외모에 관해 이야기하는 게 조심스럽지만, 중학교 때는 보정은 어떻게 해야 한다, 나중에 여기는 성형수술 할 거다 같은 이야기를 밥먹듯이 많이 나눴다. 기분이 별로 나쁘지도 않았다.

📷　'싸이월드'와 '카메라'의 합성어로, 싸이메라는 싸이월드를 개발했던 SK커뮤니케이션즈가 2012년 3월 23일 출시한 스마트폰 카메라 앱이다.

ⓟ　사진 편집 앱. 싸이메라나 B612 같이 보정 기능이 주로 제공되는 카메라 앱과 달리 포토샵처럼 배경 지우기, 그림 그리기, 콜라주 같은 편집 기능에 특화되어 있다.

제옹　나도 보정 많이 했다. 이때는 싸이메라로 보정했다. 스노우 같은 앱은 얼굴을 인식하지만, 싸이메라만 포토샵 픽셀 유동화Liquify 기능과 비슷하게 직접 보정할 수 있었다. 짝눈이라 눈 대칭 맞추는 것 위주로 보정했다. 또 턱이 콤플렉스라 턱을 깎았고, 옛날부터 필러 맞을 거라는 얘기도 했다. 눈을 보정하며 눈매 교정을 어떻게 하고 싶고 뒤트임도 하고 싶다고 생각했다.

겨자　나는 필터는 잘 안 썼다. 나랑 잘 안 어울린다고 생각했던 것 같다. 보정하더라도 핸드폰 기본 기능으로 밝기나 색감 정도만 조정했다. 노이즈를 많이 넣기도 했다. 내가 인물 사진을 잘 못 찍다 보니 배경과 내가 하나가 되는 연출을 좋아했던 것 같다. 2012년은 머리를 배꼽까지 길렀을 때다. 머리가 잘 보이는 사진을 이때 많이 찍었다. 이전에 다니던 여자 고등학교에서 머리를 못 기르게 했는데, 그러면 더 기르고 싶지 않나. 그래서 악착같이 기르다가 재수를 하게 되어 나를 재단하는 울타리가 사라졌다. 1년 동안 머리를 열심히 길렀고 대학 생활하면서도 유지했다. 대학교 입학 통지서 받자마자 머리를 4번 탈색하고 회색 머리도 하고 초록색 머리도 하고 뭘 많이 시도했다. 그때는 나를 꾸민다기보다는 해방감을 항상 염두에 뒀던 것 같다. 여태까지 못 했던 걸 더 해봐야지 그런 느낌. 옷 입는 것도 머리 분위기에 맞춰서 입었다.

헵시　나도 머리 길이 얘기를 들으니 생각나는 게, 2013년까지

다니던 중학교는 📛두발규제가 있었는데 고등학교는 머리 길이에 대한 제한이 없었다. 그때부터 2017년까지 약간 다듬는 거, 모양내는 거 빼고는 계속 쭉 길렀다. 고등학교에 가서 해방감을 많이 얻었는데, 그전까지는 내가 뭘 잘하는지, 내 장점도 뭔지 모르고 자신감이 없었다. 그래도 나름 머리에 대해 새로운 시도를 하긴 했다. 2013년에 중학교 3학년이었는데, 사진에 투톤 염색 흔적이 살짝 있다.

도이 중3 때 투톤 염색을 했다니!

헵시 여름방학 때 염색하고 개학 때 잘랐다. 아무튼 특성화 고등학교에 입학해 디자인을 시작하며 내가 잘하는 게 뭔지 알게 되었다. 또 비슷한 친구들이 많이 있다 보니 자신감이 생겼다. 2015년에는 셀카에 잘 보이지 않지만, 한쪽 머리를 과감하게 밀었다.

예진 머리 관련해서 할 얘기가 되게 많다. 나도 머리로 장난을 많이 쳤다. 헵시와 나는 같은 고등학교를 나왔다. 고등학교 때 헵시도 머리를 밀었고 나도 머리를 밀었다. 2016년, 2017년 사진이 안쪽 머리를 다 민 것이다. 페미니즘 활동하러 나갈 때나 더울 때 묶어버리면 민 부분이 드러났다. 사진이 하나밖에

📛　중·고등학교에서 학생들의 긴 머리와 염색, 파마 등을 규제하는 것을 말한다. 2010년부터 학생인권조례가 제정되고 2021년 인권위가 두발 자유를 보장하라고 권고했지만 여전히 두발규제 학칙을 시행하는 학교가 많다.

없지만, 숏컷으로만 고등학교 3년을 다녔다. 살짝 머리가 길면 2017년 사진 정도의 상태인데, 이후에 바로 또 숏컷으로 잘랐다. 그 당시에 내가 가진 성적 지향도 표현하려 했는데, 내가 ☺**부치**인 것처럼 하고 다니려 했다.

헵시 그런데 그렇게 부치 같지 않았다.

예진 맞아! 근데 그게 너무 싫은 거다. 나는 정말 애써서 학교에서 부치인 척을 했었다. 나 꼭 여자 꼬실 거야! 이런 마음이었는데 그게 안 보였다는 거다.

헵시 ☆☆한테 밀렸지. ☆☆는 우리와 학교에 같이 다닌 부치 친구다.

도이 태생 부치를 이길 수는 없지.

헵시 걔는 또 자기 부치 아니래.

예진 그래서 그런 표현을 위해 머리를 기호로 사용했다. 계속 머리를 자르다가 꾸밈에 대한 욕구가 생기면서부터 머리가 너무너무 기르고 싶어졌다. 긴 머리인 적이 없었어서. 2020년,

☺ 부치(butch)는 복장, 말투, 몸짓 등에서 소위 남성적인 방식으로 성별표현을 하고 이를 편안하게 느끼는 레즈비언을 가리킨다. 기본적인 설명은 이렇지만 이 말을 사용하는 사람들 사이에서도 부치가 무엇인가에 대한 정의는 제각기 다르다.

2022년 사진 속의 머리는 다 가발이다. 숏컷일 때도 긴 머리를
하고 싶으면 가발을 이용했다. 2021년이 가장 머리가 길었을
때인데, 이때 동생이 냅다 내 머리를 잘라버린 거다.

일동 (경악)

예진　아! 동의 없이 자른 건 아니고. "너는 긴 머리가 너무 안
어울려! 단발머리가 더 도도하고 예뻐 보여. 머리를 잘라!"라면서
집에서 자기가 도와주겠다며 잘라버렸다. 나는 단발머리로 밀고
나가야 한다는 것이다. 머리 스타일에 따라서도 사람의 이미지가
확확 바뀌니까. 지금도 계속 긴 머리를 하고 싶다. 그래서 긴 머리
가발을 쓰며 머리를 기르고 있다.

헵시　도이도 머리 관련해서 생각나는 이야기 있는지.

도이　나에게도 머리를 자르는 게 중요한 스타일 변화의
지점이었다. 내가 2014년부터 2018년까지 쭉 애인이 있었다.
2014~2015년에는 시스젠더 남자친구였고, 이후에는 완전
☺**티부** 같은 트랜스젠더 남성을 만났다. 2014년에 사귄
친구는 내게 청순한 느낌을 원했고, 이후에 사귄 친구는 내가
어른스러워 보이길 원했다. 어쨌든 둘이 원하는 내 모습이
머리가 짧은 모습은 아니었다. 나도 상대에게 맞추고 사랑받는

☺　　티나는 부치(butch)의 줄임말. 한국 레즈비언, 여성 퀴어 사이에서
　　은어로 쓰인다.

걸 좋아하는 사람이었으니, 머리를 자르고 싶다고 생각해 본
적도 없었다. 그냥 짧은 머리는 나에게 맞지 않고 앞으로도 짧게
자를 일이 없을 거라고 생각했다.

　그러다가 2018년에 유치원 선생님이 되었는데, 우리 반
어린이들이 나에게 이런 말을 했다. "선생님, 원래 선생님은
다 머리가 길고 치마 입죠?" 그래서 그렇지 않다, 여러 가지
모습일 수도 있고 꼭 여자일 필요도 없다고 답해줬다. 그런데
"선생님은 항상 치마를 입고 화장을 하고 머리가 길잖아요."
이렇게 말하니까 할 말이 없었다. 그때 마침 페미니즘에 관심이
많은 시기여서, 내가 완전히 다른 모습을 보여줘야겠다 결심하고
❂투블럭에 가깝게 머리를 잘랐다. 당시의 모습이 마음에 들지는
않았다. 머리를 자른 지 며칠 되지 않아 그때의 애인과 헤어졌다.
머리 때문에 헤어진 건 아니었다. 그런데 달라진 내 모습에
자신이 없어 머리가 이유 중 하나였을까 생각하기도 했다.

　그 후 2019년부터 좀 더 긴 숏컷과 단발 사이의 상태를
유지했다. 이전까지 입었던 옷들이 하나도 안 어울리고 화장도
어울리지 않아서 스타일에 대한 고민을 많이 했다. 되게 난감한
것이다. 어떡해야 하나? 연애를 쉬는 기간을 가지며 지금의
나에게 어떤 모습이 매력적인지, 어떤 게 나와 어울리는지, 다른
사람의 평가 없이 내가 원하는 모습은 어떤 것인지 찾아갔던
것 같다. 이전까지는 머리도 길다 보니 꽃무늬 원피스나 시폰
소재의 하늘하늘한 옷, 카디건에 니트, 이런 걸 많이 입었는데

❂　　한국의 대중적인 짧은 머리 스타일이다. 옆머리와 뒷머리를
　　바리깡으로 짧게 다듬고 앞머리와 윗머리를 남겨 턱이 생기도록
　　연출한다. 머리의 두 부분이 나뉘는 형태로 인해 투블럭으로 불린다.

머리를 자르고 나니 그런 옷이 어색해 보였다. 그래서 좀 더 시원시원한 느낌의 옷을 입고 싶었고, 나 자신도 시원시원한 사람이 되고 싶었다. 민소매나 ⇪**오프숄더**도 많이 입기 시작하고 조금 더 노출이 있는 스타일도 시도했다. 꽃무늬는 더 이상 좋아하지 않고 오히려 기피하는 편이다. 머리를 자른 시점부터 찾은 내 스타일을 쭉 고수해 왔다. 지금의 이 머리가 내 디폴트 값이 되었다. 마음에 든다.

헵시 나는 숏컷 때부터 도이를 알게 되었는데 그 전의 얘기를 들으니까 새롭고 좋다.

예진 숏컷 한번 하고 나면 기르기가 너무 힘들어서 어쩔 수 없이 계속 유지하게 되는 경우도 있다.

도이 그것도 완전히 맞다. 2021년에도 머리를 기르려고 시도한 건데 겨우 어깨까지 기르고 다시 잘랐다.

헵시 나도 겨우 단발까지 기르다가 지금 이렇게 짧은 머리로 돌아왔다. 겨자는 머리에 대해 하고 싶은 이야기가 있는지.

겨자 2015년까지는 긴 머리였다. 상한 끝부분만 좀 다듬다가 이제 다음 2016년도 사진은 확 짧아졌다. 이것도 좀 웃긴 게 나도

⇪ 어깨와 등이 노출되는 옷을 말한다. 한국에서 2016~2017년에 크게 유행한 후 여성 일상복으로 자리잡았다.

타인에 의해서 잘린 거다.

일동 (웃음)

겨자 나는 내 긴 머리가 너무 좋았다. 내 해방감의 첫 번째 표현이었으니까. 머리숱이 진짜 많아서 감고 말리는 데 2시간이 걸렸다. 엄청난 시간과 공을 들인 머리였는데 사귀었던 남자 애인이….

헵시 그놈의 애인들!

겨자 (웃음) 그 애인이 "뭔가 너는 머리 짧은 게 잘 어울릴 것 같아"라고 해서 자르게 된 거다. 자르고 나니 그 애도 좋아했고 나도 마음에 들었다. 그 후 2018년 사진이 가장 긴 머리였고, 그 이후로부터는 계속 짧은 머리를 하고 있다.

헵시 나도 사귀는 사람 영향이 늘 있었는데, 고등학교를 졸업했을 때 염색을 해야 된다는 생각이 들었다. 다른 친구들도 다 했고. 그래서 레드와인 계열로 염색한 건데, 그때 사귀던 애가 흑발이 잘 어울릴 것 같다고 했다. 다들 잘 어울릴 것 같단 말로 요구했네. 이 자식들…. (웃음) 그래서 2017년 중반에 검은색으로 염색하고 이후로 쭉 흑발이다가 2020년에 밝게 탈색했다. 사귀던 사람이랑 헤어지고 결단의 표현으로 한 것이다. 그러다가 유지하기 귀찮아서 쭉쭉 길러서 없앴는데 신기하게도 탈색모가 없어지기 시작할 때 그다음 연애를 시작했다.

예진　나도 따지고 보면 계속 긴 머리를 하고 싶은 이유 중 하나가 긴 머리를 좋아하는 사람들이 많기 때문이다. 쉽게 말하면 '잘 팔리니까'. 자꾸 주변 사람들도 "네가 긴 머리인 걸 보고 싶어. 좀 보여줄래?" 이런 식으로 요구한다. 그러다 보니 나도 세뇌당하는 건지…

도이　뭐야. 짜증나!

예진　이번에도 긴 머리 가발을 쓰고 애인한테 보여줬는데 너무 예쁘다고 실제로 긴 머리가 보고 싶다는 거다. 그것 때문에 사실 지금 단발머리를 하고 싶은데 뭔가 길러야 하나 싶어서 기르고 있다. 이 어중간한 머리 관리하기도 힘들고 자갈치처럼 되지 않나. 그게 너무 싫은데 이걸 참아야 한다.

헵시　맞아, 맞아. 인고의 시간이지. 나도 지금 머리 자르기 전에 애인한테 엄청 많이 물어봤다. 허락받듯이. 진짜 괜찮다고 하는데, 실제 취향은 따로 있으면서 그냥 나를 좋아해서 하는 얘기가 아닐지 걱정하기도 했다. 자르고 나니까 귀엽다고 말해주긴 했다. 기분이 좋은 와중에도 나를 무성적인 존재로 보는 걸까, 내 여성성이 사라진 건 아닐지 걱정했다.

도이　어쩔 수 없이 신경 쓰이지.

헵시　여자친구가 아니라 동그라미가 된 것 같다는 기분도 들었다.

겨자 머리가 내 것이 아닌 것만 같다. 머리카락을 복수의
오브제로 삼기도 했다. 예를 들어서 애인이 머리를 기르라고
해서 길렀다가 헤어지고 나서 확 잘라버리는 식으로 이용했다.
그래서 머리는 내 기분을 대변하는 것이기도 하지만 항상 다른
사람 것이었던 것 같다.

도이 그거 너무 와닿는 말이다. 내 머리가 다른 사람의 것이다.

예진 애인이랑 싸우거나 트러블이 생겼을 때, 아니면 애인이
나한테 조금 관심이 떨어진 것 같을 때 관심을 받고 싶어서
변화를 주려고 머리를 사용한다. "나 이 머리도 예쁜데 이 머리도
예쁘다. 봐줄래? 나 달라졌는데 다른 기분으로 다시 만날래?"
이런 느낌이다.

헵시 맞아. 무슨 마음인지 알 것 같아서 슬퍼졌다.

겨자 맞다. 싫증 내지 말라고.

도이 정확한 표현이다. 나도 2017년에 머리를 단발로 자른
게 그래서였다. 당시 만나던 애인이 어른스러운 사람을 너무
좋아했고, 전에 사귀었던 상대는 나보다 8살이 많았다. 그래서
머리를 잘랐다. 항상 좀 아기같이 생겼다는 말을 많이 들었는데,
머리를 자르면 조금 더 어른스러워 보일까 하는 마음이었다.

예진 아, 슬퍼.

..。+..。*°+   **2016 − 2018**   +°*。..+。.

❷⓪①❻

⓪①

〈프로듀스101 시즌1〉 첫 방영

여자친구, 〈시간을 달려서〉 발매

⓪④

트와이스, 〈CHEER UP〉 발매

⓪⑤

강남역 살인사건

⓪⑦

넥슨 성우 메갈리아4 티셔츠 인증으로 인한 계약 해지

원더걸스, 〈Why So Lonely〉 발매

⓪⑧

이민경, 『우리에겐 언어가 필요하다』 출간 전 사전 예약만으로 알라딘 '여성학/젠더' 2위

블랙핑크, 〈휘파람〉 발매

①⓪

조남주, 『82년생 김지영』 출간

#OO_내_성폭력 해시태그 운동 시작

최순실 게이트 최초 보도

에뛰드 퍼스널컬러 팔레트 완판

①①

블랙핑크, 〈불장난〉 발매

❷⓪①❼

인플루언서 마케팅 시장 규모 2조 3000억 원 추정

⓪①

지능형 퍼스널 컬러 진단 시스템 개발

⓪②

대선 후보 문재인 "페미니스트 대통령 되겠다" 선언

트와이스, 〈KNOCK KNOCK〉 발매

페리페라 '페리스 잉크' 틴트 총 판매량 606만 개 돌파

태연, 〈Fine〉 발매

⓪④

인생네컷 첫 포토부스 오픈

⓪⑤

대한민국 제19대 대통령 문재인 취임

수신지, 〈며느라기〉 SNS 연재 시작

헤이즈, 〈비도 오고 그래서〉 발매

⓪⑧

선미, 〈가시나〉 발매

인스타그램 국내 이용자 1천만 돌파

①⓪

한샘 성폭력 피해자 온라인 최초 공론화

①①
청와대 홈페이지 낙태죄
폐지 청원
약 22만 명 참여

❷⓿❶❽
인플루언서의 다양화,
마이크로 인플루언서
증가

⓪①
레드벨벳, 〈Bad Boy〉
발매

서지현 검사 성폭력 폭로
후 한국 미투 운동 촉발

⓪②
손나은 'GIRLS CAN DO
ANYTHING' 폰케이스
셀카 이후 악플 공격

⓪③
안희정 전 수행비서
김지은, 성폭력 폭로

마마무, 〈별이 빛나는 밤〉
발매

아이린 『82년생 김지영』
독서 언급 이후 악플 공격

⓪⑤
혜화역 불법촬영
편파수사 규탄 1차 시위

⓪⑥
블랙핑크, 〈뚜두뚜두〉
발매

제니, 샤넬 코리아
앰버서더 발탁

⓪⑦
작가일, 〈탈코일기〉
다음카페 '올뺌' 연재
시작

⓪⑧
서울교육청 학생 두발
자유화 선언

⓪⑨
선미, 〈사이렌〉 발매

①⓪
아이유, 〈삐삐〉 발매

①①
제니, 〈SOLO〉 발매

이수역 폭행사건 논란

가빈　생각보다 예쁜 척을 하고 있는 것 같아서 부끄럽다. 이때 셀카를 찍으면 무조건 화장하고 찍어야 한다는 생각이 강했다. 그전까지는 그냥 맨얼굴로도 찍었는데 페이스북을 시작하며 달라졌다. 이전에도 카카오스토리를 했지만, 그곳에서 사진은 그렇게 중요하지 않았다. 하지만 페이스북에서는 나와 연결된 친구들이 600명이나 되다 보니까 의식하게 됐다. 누가 보게 될지도 모르니 자유롭게 올리지 못하고 누가 '좋아요'를 누르는지 신경썼다.

　　그때 셀카를 예쁘게 찍는 방법이 SNS로 많이 공유됐다. 주로 45도 각도로 찍으라는 이야기였다. 나는 얼굴이 동그란 편인데 정면에서 찍으면 더 동그래 보인다. 지금은 그냥 찍는데 그게 싫어서 날렵하게 보이려고 위에서 찍거나 돌려서 찍고 그랬다. 청소년이라 여드름이 많이 나서 열심히 가리려고 했는데, 화장 때문에 피부가 더 안 좋아진 것 같다. 뭘 하려고 이랬나 싶기도 했지만, 막상 사진이 잘 나오면 기분 좋았다.

제옹　2017년에는 특정한 콘셉트에 빠져 있었다. 센 언니 느낌에 빠져서 눈 밑에 ◉ **빨간색 아이섀도**도 많이 하고 ⚓**초커**도 했다. ⚒**처피 뱅**에 ⚘**히메컷**에 온갖 유행은 다 하고 다녔다.

던던　이때 그 유행이 오래갔다. 아이유와 박명수의

〈♪레옹〉에서 나온 콘셉트. 단발머리에 초커. 나도 2017년 때 센
언니 이미지에 빠져있었다. 까만 생머리, 큰 링 귀걸이에 렌즈
끼고 아이라인도 길게 빼서 그랬다. 얼굴 셰이딩을 잘하지도
못하면서 덕지덕지하기도 했다.

제옹 나도 이때 화장이 제일 세다. 이제 갓 스무 살이 됐을 때라
머리에 변화를 많이 주었다. 나는 자연스러운 '**꾸안꾸**' 느낌을
전혀 추구하지 않고 완전히 '꾸꾸'를 추구했다.

+˚＊｡

⊙　2017~2018년에 유행하던 뷰티 아이템이다. 눈에 포인트 컬러로
　사용해 강렬한 인상을 주거나, 눈 아래 광대뼈에 발라 술에 취한 듯
　보이는 '숙취 메이크업'을 연출하는 데에 주로 쓰였다.

⅛　목에 딱 맞게 감기는 짧은 목걸이다. 2016년쯤 90년대 아이템의
　재유행 흐름을 타고 크롭트 톱, 미러 선글라스 등과 함께 유행
　아이템으로 올랐다.

♨　고르지 못하다는 뜻의 '처피(Choppy)'와 '앞머리(Bang)'의 합성어다.
　짧고 삐쭉빼쭉한 앞머리 스타일을 말한다.

♞　생머리를 코나 턱 높이에서 계단식으로 단차를 내어 자른 헤어
　스타일이다. 일본 만화 속 주인공 같은 분위기를 연출할 수 있다.

♪　'무한도전 2015 영동고속도로 가요제'에서 아이유와 박명수는 콤비로
　곡 〈레옹〉을 공연했다. 아이유는 영화 〈레옹〉의 주인공 마틸다를
　패러디한 의상으로 유행의 중심이 되었다. 3년 뒤 배우 나탈리
　포트만은 12살에 마틸다를 연기한 이후 지속적인 성희롱을 겪었다는
　사실을 폭로했다.

☺　'꾸민 듯 안 꾸민 듯'의 줄임말이다. 2019년 후반부터
　인터넷 유행어로 널리 쓰였으며 자연스러운 스타일의 패션, 미용,
　화장을 가리킨다.

50

헵시　나의 경우, 고등학교 졸업하고 확 성숙한 이미지를
추구했다. 2017년에 ◉**퍼스널 컬러** 진단을 겨울 딥 쿨톤으로
받았다. 그런데 최근에 비싼 검사를 했을 때는 가을 딥 웜톤이
나왔다. 아무튼 그런 겨울 쿨톤 같은 고혹적인? 느낌을 추구했다.
성숙하고 섹시한(민망한 웃음) 느낌을 표현하고 싶었다. 눈썹도
아치형으로 그리고 긴 머리에 입술도 진한 버건디색으로
바르고.

도이　이 당시의 헵시 사진을 보니 지금의 느낌이랑 엄청
다르다. 자기 자신을 꾸미는 방법도 되게 다른 것 같고. 내가
전에 헵시에게 물어봤을 때 직장생활 시작하면서 그렇게 보이고
싶었던 것 같다고 말했던 게 생각난다.

헵시　그것도 맞다. 고등학교 졸업하고 바로 취업했는데, 빠른
생일이라서 19살이었다. 일하면서 만나는 사람들에게 어려
보이고 싶지 않다고 생각했다.

도이　그랬구나. 여기에서는 눈과 입술을 강조했는데 요즘에는
화장한 모습을 본 적이 자주 없어서 더 다르다고 느꼈다. 지금
헵시는 꾸밀 때는 의상이나 신발에 포인트를 주는 것 같다.

◉　　사람의 피부 톤과 가장 어울리는 색상을 찾는 색채학 이론이다. 모든
　　색을 사계절 유형으로 구분하는 것이 특징이며 한국에서 2010년대
　　중반부터 퍼스널 컬러 진단이 꾸준한 인기를 끌었다. 웹사이트
　　'마이컬러'에 따르면, **겨울 쿨톤**은 차갑고 강렬하며 이지적인 느낌을
　　지니고 있다.

헵시　맞다. 개인적인 변화도 있지만 사회적인 변화도 좀
있는 것 같다. 2017년에는 페미니스트들 사이에서 "남자들이
좋아하는 여리여리한 거 안 하고 나를 표현할 거야" 이러면서
진하게 메이크업한 사람이 많았다. 옷도 맥시멀하게 치렁치렁
화려하게 입고 초커 같은 액세서리도 많이 했다. 그런데 지금은
페미니스트뿐 아니라 그렇게 뚜렷한 젠더 표현을 과하다고
느끼는 경향이 있다고 생각한다. 요즘은 '꾸안꾸'나 젠더리스한
느낌 혹은 ♌**에스파**처럼 뭔가 초인간적인 느낌으로 꾸미는 쪽이
좀 더 트렌드인 것 같다. 그런 영향을 받아서 이전의 모습이 좀
과하다고 생각하게 되지 않았나 싶다. 또 그냥 귀찮아서도 있다.
2020년에는 ♣**틴더** 같은 데이팅 앱을 열심히 할 때라 화장을
자주 하고 다녔다. 속되게 말하면 연애 시장에 '매물'로 나왔을
때니까. 지금은 애인이 있어서, 매물 상태가 아니라 그런지 많이
꾸미지 않는다.

도이　매물이라는 표현이 너무 웃기다.

♌　　SM엔터테인먼트 소속 4인조 걸그룹이다. 자신의 또 다른 자아인
　　아바타 'æ'(아이)를 만나 새로운 세계를 경험하게 된다는 세계관을
　　바탕으로 활동한다.
♣　　상대의 사진과 소개를 읽고 마음에 들면 오른쪽으로 넘겨
　　좋아요(Like)를, 그렇지 않으면 왼쪽으로 넘겨 거절(Nope)을 하는
　　방식을 사용하는 소셜 매칭 앱이다. 2015년 한국에 출시되었으며,
　　2021년 새로운 관계의 다양한 가능성을 전하는 브랜드 캠페인 '틀린
　　선택은 없어'를 공개했는데, 누군가는 이에 대해 '틴더에서는 틀린
　　선택만 하게 된다'는 자조의 말을 남기기도 했다.

다희 2016년에는 19살이었는데 처음 취업해서 사회생활에 적응하던 시기다. 회사 위치가 강남 논현동이었는데, 내가 생각하는 강남 직장인 어른의 모습에 가까워지려고 했다. 옷도 블라우스에 슬랙스 같은 거 입고, 네모난 숄더백에 구두 신고. 남들보다 조금 일찍 사회생활을 시작하다 보니 어른스러워 보이려고 머리도 기르고 옷도 성숙하게 입으려고 했다. 누가 봐도 학생 티가 났을 텐데, 만만하게 보이기 싫었다.

2017년에는 갓 졸업했을 때니까 학생 때 못 해본 걸 다 해보고 싶었다. 머리를 탈색하고 다양한 색으로 염색했다. 당시 유행하던 헌팅 술집이나 감성 주점에도 종종 놀러 갔는데, '남자들이 좋아하는 스타일'에 딱 맞춰서 입었다. 살짝 붙는 옷에 높은 굽, 진한 화장, 오프숄더처럼. 그때 남자들이 말 걸고 번호 물어보는 게 신기하기도 하고 자신감이 올라가는 기분이었다. 아빠랑 자주 부딪히기도 했다. 지금 생각해 보면 딸의 스타일이 갑자기 변한 게 아빠가 보기에는 걱정됐을 것 같다. 그렇게 놀다 보면 재미있는 에피소드도 있었고, 이상한 일도 있었다. 그래도 '난 어리니까' 하면서 포장되는 느낌이었다.

럼럼 나는 계속 안경을 썼지만, 사진 속에는 안경을 쓴 모습이 없다. 2016년 당시 고등학교 3학년이었고 수능 끝난 후에 찍은 사진이다. 이때부터 렌즈를 착용했다. 처음에는 일회용 렌즈를

사용했는데 한 6~7시간이 지나면 건조해져서 렌즈가 튀어
나가려고 했다. 그때까지 끼고 있었다. 이때까지 "나는 예쁘지만
안경을 쓰고 있어서 안 예쁜 거야"라고 생각했고 이제 수능이
끝났으니 안경 벗고 예쁘게 사진 찍어야지, 하는 마음이었다.
사진을 올리면 친구들이 예쁘다고 해주어서 더 예쁜 사진을
올리려고 했다.

　　　2017년에는 20살이 되었던 때다. 나도 센 언니처럼 되고
싶었지만, 화장을 잘하지 못해서 적당히 했고, 이것도 나름
세다고 생각해서 올린 사진이다. 이때 페미니즘 동아리에도
들어갔다. 약간 모순되는 것처럼 느껴지는 일이 있는데,
인스타그램에 "방금 페미니즘 동아리 첫 모임 갔다 왔는데
너무 좋아서 저 멋있는 언니들처럼 되고 싶다"라는 글과 이
셀카를 함께 올렸다. 이때는 조금 청순한 20살 대학생 느낌으로
원피스도 많이 입었다. 이후에 2018년 초반에는 더 세지고
싶어서 세게 나온 사진을 좋아했다. 머리 자르기 전까지는 더 센
화장을 하려 했다.

제옹　안경 이야기에 엄청 공감된다. 나는 9살 때부터 안경을
썼다. 그래서 이 사진들 다 분명히 안경을 쓰는 시절이었는데
사진엔 안경이 없다. 이 사진은 공부하다 말고 독서실에서
찍은 사진인데 독서실에서도 렌즈를 끼고 있었다. 2013년
사진은 중학교 때 수학여행 가서 찍은 건데 역시 렌즈를 끼고
있다. 렌즈를 낀 기간이 10년 넘었다. 또 2019년 이후로는 점점
코르셋을 내려놓으면서 안경을 쓰고 다녔다.

던던 학교에서 보이는 모습과는 다른 걸 보여주겠다는 마음이
있었다. 2017년에 중학교 3학년이었는데 그런 마음이 컸다.
학교에서는 렌즈도 못 끼게 하고 머리도 물들이면 안 되고
화장도 하면 안 되지만 "어쩌라고! 집에서는 나도 이럴 수 있는
사람이다"를 보여주고 싶었다. 또 셀카를 찍다가 내 얼굴이 좀
예쁘게 나오면 무조건 동영상을 찍었다. 동영상으로 이게 내가
보정발이 아니라는 걸 증명하고 싶어 했다. 인스타에 일부러
동영상이랑 사진을 같이 올렸다. 이 사진도 동영상을 캡처한
거다. 그런 이상한 오기가 있었다.

헵시 셀카를 찍을 때 또래 집단의 인정을 받는 게 중요한
기준이었다는 생각도 든다. 특히 동성 친구들이 나를 인정해
주면 그게 연애 상대에게 받는 것보다 진정한 인정을 받는
느낌이다. 그리고 다들 이때 학생이었는데 한국 학교에 존재하는
특수한 규정들 때문에 반항심으로 꾸민 것 같기도 하다.

제옹 사실 중학교 때는 규정이 강한 학교가 아니어서 항상 렌즈
끼고 파마하고 있었다. 이후 입학한 고등학교가 규정이 심했다.

헵시 그랬구나. 나는 제옹이와 같은 고등학교에 다녔는데
나는 중학교의 규정이 더 엄격했어서 고등학교가 나아진 거다.
고등학교에서는 다들 방과후에 시내에 놀러 가기 전에 교실에
모여서 화장했다. 화장하면서 서로 팁도 주고 그랬다. 제옹에게도
많이 배웠다. 제옹이 직접 화장해 주기도 했다.

제옹　내가 온갖 화장품을 다 퍼트리고 다녔다. 일단 난 중학생 때부터 화장을 많이 했기 때문에 파우치도 이만큼 큰 걸 들고 다녔고 화장을 해주는 편이었다.

던던　나도 2017년에 다니던 중학교가 시골에 있었다. 그래서 학교 끝나면 버스를 타고 읍내로 가는데 버스에서 누가 보든 말든 20분 안에 화장을 다 했다. 잘할 줄도 몰랐고 주변에서 화장 안 하는 게 더 낫다고 말했지만, 꿋꿋이 계속했다. 쿠션, 아이라이너, 뷰러를 주로 가지고 다녔고 특히 속눈썹에 치중한 화장을 즐겨 했다.

헵시　그렇게 화장을 꿋꿋이 한 마음이 뭐였는지 궁금하다.

던던　내가 다니던 중학교가 사람이 적은 작은 학교였는데 읍내나 학원에 가면 다른 학교 애들이 있으니까 그 애들에게 예뻐 보이려는 게 있었다. 또 나는 항상 어디 가서 약해 보이지 않으려고 했는데, 화장하면 더 세 보인다는 생각이 있었다. 읍내 애들한테 시골 애들이 무시당하지 않기 위해 화장하는 느낌도 있었다. 기 안 눌리려고.

제옹　기 안 눌리려고 한다는 게 정말 공감 간다. 2017년이 대학교에 입학했을 때인데 통학이 왕복 4시간이었다. 지하철을 한 시간 넘게 탔는데 그 한 시간 내내 화장만 하고 있었다. 항상 세수하고 스킨로션만 바른 상태로 지하철에서 화장했다. 나는 속눈썹이나 아이섀도나 많은 것들을 다 신경쓰는 편이었다. 완전

풀 메이크업. 아이섀도도 팔레트로 가지고 다녔다. 학교에 가는 일주일을 하루하루 다 다른 콘셉트로 꾸미기도 했다. 어떤 날은 트렌치코트 입는 가을 여자의 느낌으로 그 다음날은 센 언니의 느낌으로 콘셉트를 잡았다.

럼럼 나는 여자대학교에 입학했는데 아침 일찍 1교시에 풀 메이크업하고 오는 사람들이 자기관리가 뛰어난 여대생으로 인정받았다. 그렇게 하는 언니들이 너무 존경스럽다는 글도 많이 올라왔다. 학교에 갈 때 사실 수업 듣는 것밖에 하는 게 없는데도 메이크업하고 옷을 잘 갖춰서 입고 가면 내가 오늘 하루 성공하는 것 같은 느낌이 있었다.

헵시 맞아. ▣**갓생** 사는 느낌인 것 같다. 오히려 당시에 최악으로 여겼던 게 화장을 어설프게 하는 것이었고 그다음이 화장 안 한 것, 그다음 화장 잘하는 것, 그다음 쌩얼미인. 이런 느낌이 있었다. 꾸미는 것이 어떻게 보면 좁은 선택지 안에서 일어나지만 얼마든지 카테고리가 세분화될 수 있으니까 당시에는 선택의 여지가 다양하다고 느꼈다. 또 그전에는 규정에 맞는 학생의 차림새로 있었어야 하니까 꾸미는 게 당시에는 자유로운 일처럼 느껴졌고, 나름의 해방감이 있었다.

▣ 신을 뜻하는 영어 '갓'(God)과 '인생'의 합성어로, 부지런한 삶을 일컫는다. 현실에 집중하면서 성실한 생활을 하고 생산적으로 계획을 실천해나가는 이른바 '타의 모범'이 되는 삶을 의미한다.

+°*。

겨자   2016년은 내가 나의 이미지를 소재로 영상 작업을
많이 한 때다. 이 사진은 프로필 사진으로 설정한 사진이다.
나에게 이때가 힘든 시기였다. 항상 울적한 얼굴을 하고
있었는데 오히려 화장은 좀 세게 했고, 집에 있는데 혼자서
화장하고 그랬다. 심심하니까 기분 전환도 하고 싶었고. 2017년
사진은 친구가 찍어준 사진인데, 술을 엄청 많이 마셨을 때다.
친구들이랑 네 명이 와인을 10병 정도 마셨다. 지금은 사라져서
아쉬운 '선데이펍'이라는 와인 가게였는데, 밖에서 눈이 펑펑
내리고 있었고 손님이 우리밖에 없었다. 사장님은 우리가 듣고
싶은 노래를 계속 틀어주고 와인도 친구가 계속 사줬다. 영업
마감 후에 남은 술을 집에 들고 가는데 친구가 📷 **라이브 포토**로
나를 찍어주었다. 막 취하고 다 흔들리고 잔상이 엄청 많다.

예진   궁금하다. 와인 10병 얼마 나왔는지.

겨자   능력이 좋은 친구라서 다 사줬다.

예진   우와 멋있어!

헵시   진짜 좋았겠다. 게다가 추울 때가 술 더 맛있는데.

📷   아이폰 카메라의 기능으로, 사진 촬영 순간의 앞, 뒤 1.5초를 촬영한다.
라이브 포토로 찍힌 사진을 길게 누르면 3초간 영상이 재생된다.

겨자　나의 2018년을 대변하는 이미지가 딱 이런 모습인 것
같다. 분위기는 좋은데 마음속은 썩어있고, 항상 취해있고.
그래서 셀카는 아니지만 나를 잘 보여주는 사진 같아서
가져왔다.

헵시　듣고 보니 그런 것도 궁금하다. 자신을 잘 보여주는 사진이
좋은지, 아니면 내가 의도한 연출에 성공한 사진이 마음에
드는지.

예진　저는 연출한 사진. 일단 사진이 원근법을 통해 평면거울을
반사해서 찍는 것이지 않나. 그렇게 보면 사진이란 실제 모습을
있는 그대로 담아낼 수 없는 것이다. 미술사적으로 원근법은
눈이 하나밖에 없어야 성립된다. 실제로 인간의 눈은 두 개인데,
카메라는 눈이 하나밖에 없는 데다가 고정도 되어있다. 실제로
인간은 움직이는 존재인데. 카메라를 통해 담아낸 이미지가
현실적이라고 말하지만, 나는 오히려 비현실적이고 신적인
것이라고 생각한다. 고정된 단 하나의 눈이니까. 사진에 들어가는
편집은 회화에 가깝기도 하다. 현실을 더욱 현실답게 만들어
내는 르네상스의 ※ **환영주의**처럼. 우리는 사진을 편집할 때

※　관객으로 하여금 그려진 물체를 실제 사물로 착각하도록 유도하는
미술 사조를 의미한다. 예진은 2022년 계원예술대 융합예술과
졸업전시에서 《감추기와 드러내기의 변증법》이라는 제목의 작품을
전시했다. 이 작품은 총 3채널의 영상 작품으로 원근법과 환영주의를
통해 '자아와 이미지를 동일시하며 응시 받는 내면의 눈'에 대해
이야기한다.

스스로 바라는 얼굴이나 타인에게 응시당하고 싶은 얼굴에 가깝게 편집한다. 실제라고 생각하는 이상이 반영된다.

이를테면, 2016년에 나는 고등학교에서 사진 모델 제안을 많이 받았다. 2016년, 2017년, 2018년이 다 그런 사진이다. 사진 찍어준 사람들이 바라는 의도대로 연출하고 그들이 바라보는 시선으로 찍은 사진일 것 아닌가. 그래서 사진마다 느낌이 다르다. 2017년 사진의 콘셉트는 '화양연화'였다. 우리 집에서 찍었는데, 친구가 집과 가장 가장 잘 어울리는 옷을 입어보자고 이야기했다. 그리고 방의 분위기가 화양연화 같으니까 그런 콘셉트를 잡은 거다. 또 2018년 사진은 겨울이었는데, 슬프면서도 소년미와 소녀미가 공존하는 사진을 찍자고 했다.

헵시 진짜 그렇다.

예진 어떤 식으로 설정하냐에 따라 사진의 이미지가 확확 바뀐다. 이 사진들은 모두 여자고등학교 친구들이 찍어준 것이다. 다른 사람들이 바라는 것과 내가 바라는 것의 중간 지점이 드러난 것 같고, 만족스럽다. 모델이 같아도 렌즈를 누가 드냐에 따라서 이미지가 달라지는 걸 보여주기 위해 고른 사진들이다.

겨자 나도 2019년 사진은 친구의 사진 작업 모델을 선 건데 이때 정말 한껏 꾸몄다. 수영복을 입은 건데, 체형을 바꾸고 싶어서 3일 동안 물만 마셨다. 그리고 차홍에서 38만 원짜리 파마를 했다.

일동 (놀람)

겨자 그런데 이 머리하기 전에 탈색을 했어서 미용사가 파마가
안 먹을 거라고 경고했다. 하지만 사진을 위해 그냥 하겠다고
했다. 하루만 예뻤다. 사진을 찍고 운동하러 가서 다 풀리고
부스스한 머리가 됐다. 38만 원을 땅에 버렸다. 또 니플 패치도
처음 해보고 얇은 살색 속옷도 샀다. 처음으로 남에게 내
바디셰이프Body Shape를 보여주는 날이어서 엄청 신경을 썼고,
어색하지만 예쁘게 웃음 지어보려고 하고 이 사진을 찍기 위해
이것저것 많은 노력을 들였다.

헵시 가져온 사진 중엔 없지만 나도 ✚ 폴댄스 프로필 사진
찍었을 때가 생각난다. 봉을 타야 하니까 살을 너무 말릴 수는
없었는데, 적당히 말리면서 근육을 붙이려고 했다. 남들에 비해
심한 다이어트를 한 것도 아닌데, 원래 잘 먹던 애가 조금 덜
먹으니까 저혈압이 와서 집에서 10초 정도 쓰러지기도 했다.

도이 (놀라며) 진짜? 왜 말 안 했어!

✚　수직 기둥(폴)을 사용하는 댄스·체조의 일종으로, 많은 유연성과
　　근력을 요구한다. 현대의 폴댄스는 셀카 문화와 연관이 깊다. 많은
　　폴댄스 학원은 수업을 마친 이후 오늘 배운 동작을 영상으로 찍는
　　시간을 마련하고 예쁜 포토존을 셀링 포인트로 내세우기도 한다.
　　폴댄스 '고인물'들은 폴댄스용 옷을 여러 벌 가지고 있으며 봉이
　　마련된 전용 스튜디오에서 주기적으로 폴 프로필 사진을 찍기도 한다.

헵시 (웃음) 그때 우리가 친해지는 중이어서 갑자기 나 어제
쓰러졌어 할 수는 없었다. 심한 건 아니었다. 다이어트 도시락도
먹고, 폴댄스도 하고, 단백질도 챙기고 열심히 하긴 했다. 그런데
폴댄스 봉은 탈 수 있을 정도로 너무 심하지는 않게. 그 정도면
마음에 들었는데, 사진 스튜디오에서 보정을 너무 심하게 한
것이다. 인체가 이럴 수 있나? 싶은 정도로 허리를 모래시계처럼
만들어서 내가 포토샵으로 다시 허리 사이즈를 키워서 올렸다.
남이 보정해 준 사진을 받을 때 내 이런 부분이 싫은가? 하는
생각이 들 때가 있다.

예진 화가들도 인물을 그리면 자신을 닮게 그리는 것처럼
사진도 누가 보정하느냐에 따라 얼굴이 바뀐다.

도이 나는 두려움이 많은 것 같다. 다른 사람이 찍은 내 모습이
별로 마음에 안 들 때도 있고, 다른 사람이 카메라를 들고 있을
때 그 앞에서 어떤 표정을 하고 어떤 모습으로 서 있어야 하는지
잘 모른다. 그래서 내가 통제할 수 있는 환경에서만 사진을
남기고 싶다는 마음이 있어서 이렇게 셀카를 많이 찍는 사람이
된 것 같다. 여러분들은 다른 사람의 피사체가 되어본 경험도
있는데 어떻게 그럴 수 있었나. 되게 큰 용기가 아닌가. 나에겐
그렇게 느껴진다.

예진 나도 매번 너무 무서웠다. 그 사람이 나의 원본을 소장하고
있다는 게. 또 사진을 보정해 줄 때 내 얼굴을 가까이 관찰하게
되지 않나.

헵시　맞아. 나도 다른 사람 사진 보정할 때 죄책감 든다.

예진　솔직히 말해서 사진을 보정할 때 어쩔 수 없이 발생하는 외모 평가가 있다고 생각한다. 그런 것에 노출되는 것도 너무 싫은데 원본과 보정본의 차이를 그 사람은 알 것 아닌가. 그렇다고 그 사람의 작품을 내가 원하는 방식으로 보정해서 훼손하는 것도 죄송하고, 또 그 사람이 "애는 원래 이렇게 생겼는데 그동안 다 꾸며낸 거구나"라고 생각할까 봐 너무 무서운 거다. 그래서 상대가 해준 보정이 마음에 안 들고 내 콤플렉스가 아직 남아있으니까 더 보정하고 싶은데 그걸 조율하는 게 너무 어려웠다. 그래서 내 본모습을 있는 그대로 보여주면서 편하게 보정할 수 있는 친구들에게 찍히는 걸 선호한다. 찍을 거면 내 핸드폰으로 찍어줬으면 하는 마음도 있다.

다솔　되게 공감 간다. 친구들이 사진 찍어달라 해서 찍어주고 진짜 잘 나왔다, 프로필 사진으로 해라, 이렇게 말했는데 친구는 너무 마음에 안 들어 하는 거다. (웃음) 내가 보기에는 너무 잘 나왔는데. 어디를 가리고 싶다거나, 어디가 어떻게 나왔으면 좋겠다거나, 굳이 말로 하지는 않지만 각자의 기준이 다 있다. 하지만 남이 봤을 때는 티도 안 나고 그렇게 생각하지도 않는다. 나도 똑같이 남이 찍어주고 잘 나왔다고 하는 사진 보면 내가 싫어하는 콤플렉스가 내 눈에 확 튈 때가 있다.

헵시　나는 그래서 오히려 셀카가 어렵더라. 내가 나를 보고 있어야 하니까 뻣뻣해진다. 그래서 내가 좋아하는 사진은 거의 남이 찍어준 것들이다. 그냥 밥 먹을 때 찍거나 자연스럽게 나온 것들. 그리고 대부분 웃는 표정이다. 그래야 대충 괜찮게 보이고, 무표정으로 자연스럽게 나오는 걸 잘하지 못한다. 시크하고 멋있게 보이고 싶은데 그 의도가 다 보이는 느낌? 하지만 활짝 웃으면 '얘가 어떻게 보이고 싶었구나'하고 의심하지 않게 된다. 남들의 경계를 낮추는 느낌이다. 그런데 내가 웃는 표정이 좀 과해서 실제로 느낀 것보다 기분이 훨씬 좋아 보인다.

일동 (웃음)

헵시 물론 진심일 때도 있는데. 내가 찍힌 인터뷰 영상들을 보면 계속 웃고 있는데, 왜 저렇게 웃고 있나 싶나 생각하게 된다. 그때 난 그냥 말하고 있었을 뿐인데!

예진 나도 남한테 찍히는 게 두렵다고 얘기하긴 했지만, 셀카보다 남이 찍어준 게 더 좋긴 하다. 셀카라는 게 거리 확보가 제한되니까 왜곡도 많이 되고, 나를 담는 사이즈가 너무 좁아진다. 얼굴도 보여주고 싶지만, 얼굴만 확대되는 건 부담스럽다. 내 전반적인 의상이나 분위기도 보여주고 싶다. 그래서 거울 셀카도 찍고 핸드폰을 세워두고 멀리 가서 찍기도 한다.

던던 2018년이 👤 안희정 성폭력이 폭로됐을 때다.

남녀공학이라 그런 건지 여자 대 남자로 분란이 심했다. 이전까지는 페미니즘을 알긴 하지만 내가 관심을 갖고 목소리를 낸 건 아니었다. 그런데 고등학교에 들어오고 남학생들과 충돌이 생기면서 관심도가 확 높아졌다. 이때 숏컷을 한 것도 그런 이유가 없지 않다. 머리카락이 내 인생에서 가장 길 때였는데 갑자기 그냥 숏컷을 해버렸다. 애들이 왜 했냐고 물으면 "그냥"이라고 답했다. 여자 친구들은 "나는 못 하는데 너는 했네, 존경스럽다"라고 말해주기도 했다. 이후에 숏컷도 마음에 안 들어서 투블럭으로 밀어버렸다. 여기서 모순됐다고 느껴지는 게, 화장은 계속했다는 점이다. 머리가 짧은 건 좋지만 못생긴 내 얼굴은 참을 수 없었다. 자괴감이 들기도 했다. 머리가 짧으면 남자 같다는 인식이 있는데 거기에 화장을 한 모습까지⋯ 스스로가 이상하게 느껴졌다. 근데 이미 머리는 잘랐는데 뭘 어떡해. 그리고 그런 이미지도 있었다. 여자애들 무리에서 혼자 남자아이 같은 이미지.

헵시 부치?

던던 맞다! 그 단어를 써도 되는지 몰라서⋯ 부치 역할을 맡았다.

♟ 안희정 전 충청남도지사가 비서 김지은 씨를 상대로 2017년 8월 29일부터 2018년 2월 25일까지 10차례 업무상 위력에 의한 간음, 추행과 강제추행 등을 한 혐의로 기소된 사건이다. 대법원 2부는 김지은 씨가 JTBC '뉴스룸'에 나와 관련 폭로를 한 지 약 11개월 만인 2019년 9월 9일, 안 전 지사의 상고심에서 징역 3년 9개월을 선고했다.

여자애들이랑 사진 찍으면 일부러 어깨동무하고. 가족 결혼식 때
정장 입기도 했다.

헵시 나는 처음 숏컷으로 자른 이후에 오히려 치마를 더 많이
입고 다녔다. 스스로와 안 어울리게 느껴지기도 했고 한편으로는
나 ✖ **탈코르셋** 안 했는데? 라고 하고 싶어서 그랬다. 사실
탈코르셋이 맞았는데도, 그렇게 말하면 다른 것도 더 기대받게
되고 거기에 부응하지 못할까 봐 스스로 두려운 마음이 있었다.
그리고 탈코르셋한 페미니스트 중 일부가 다른 소수자를
배제하는 흐름이 있었는데, 거기에 동의하는 것처럼 보이고 싶지
않았다. 그런데 그렇게까지 거리를 안 뒀어도 됐을 것 같기도
하고…. 그때 사람들에게 '예쁜 페미니스트'가 되어야 한다는
무언의 압박이 있기도 했다.

제옹 나도 페이스북에서 답답한 말을 하는 사람을 보면 참지
못하고 댓글로 많이 싸웠다. 당시 페이스북 프로필 사진은 풀
메이크업하고 오프숄더를 입고 찍은 셀카였는데 댓글로 싸우던
남자가 나한테 "그렇게 화장 다 하고 다니는데 무슨 페미를 하나"
이랬다.

일동 (경악하며) 지가 뭔데.

✖   2015년부터 대한민국의 페미니즘에 큰 영향을 준 담론이자 운동이다.
긴 머리, 장신구, 섹스어필하는 복장, 화장, 하이힐 등을 사회가 주입한
여성 억압이자 성적 대상화로 규정하고 이를 거부하는 운동이며,
구체적인 방법과 목적은 담론에 따라 변화하고 있다.

제옹 나보고 "너도 그 흐름 따라서 탈코르셋이나 해라" 이런
댓글을 달았었다. 근데 스스로 이 프로필을 달고 이런 말을
하는 게 이상하게 느껴졌다. 그때부터 긴 머리도 조금씩 자르고
메이크업도 원래는 풀 메이크업이었는데 아이섀도 하나 빼보고
다음으로 아이라인 빼보고 이런 식으로 조금씩 덜어냈다. 이때는
베이스랑 입술만 하고 있고, 이때는 아예 다 안 했고, 한 단계씩
내려놓았다.

헵시 나도 확 변화를 줬다가 안 맞게 느껴져서 다시
돌아왔다가, 다시 없애보고, 왔다 갔다 했다.

던던 나도 이때 "탈코르셋=페미니즘" 이렇게 생각했다. 그래서
페미니스트면 무조건 꾸미면 안 된다 이런 생각이 있었다.
그리고 당시 반에서 자기소개 시간에 "난 페미니스트야"라고
말한 친구가 있었다. 그 친구 보고 나도 용기가 생겼다. 그 친구랑
대화를 나누면서 일부러 브라를 안 입고 학교에 가기도 하고,
제모를 안 하고 반소매를 입기도 했다.

헵시 나도 고등학교 다니던 2016년에 페미니즘에 관심 있는
사람이 학교에 나를 포함해서 몇 명 되지 않았다. 그때 친구들을
계몽하려고 열심히 얘기하고 다녔는데 지금 생각해 보면 좀
과했다. 변화에 심취해 있어서 다른 사람들의 속도를 기다려
주지 못했다. 그래도 나름대로 관심 보인 친구들 많이 있어서
📑 **강남역 살인사건** 탄원서도 같이 썼던 기억이 난다. 근데 또
졸업하니까 나보다 먼저 다 탈코했다. 나랑 같이 학교 다닐 때는

안 그랬으면서! 그래도 그 소식들이 반가웠다.

럼럼　나는 2017년에 대학교 들어가서 페미니즘을 알게 되었다.
당시에 페미니스트는 못생겼고 뚱뚱하다는 말들이 있었다.
그래서 예쁜 페미니스트가 돼야겠다고 생각했다. 당시 다니던
교회에 가서도 페미니즘에 대한 말을 많이 했는데, 거기서도 날
못생기게 보지 않았으면 좋겠다는 마음에 예쁘게 꾸미고 갔다.
2018년은 탈코르셋 붐이 불던 때다. 화장을 안 하기 시작했고
머리는 그대로 두었다. 숏컷까지는 못 하겠는데 짧게 잘라서
히피펌을 해보고 싶었다. 그렇게 히피펌을 하고 찍은 이때의
사진을 보면 자유로운 나 자신에게 심취해 있는 게 느껴진다.

일동　히피니까~

럼럼　자유로워 보이는 제스처 하고 찍고 그런 게 투명하게
보여서 웃기다. 같이 페미니즘을 하던 친구 중에서 내가 먼저
화장을 안 하기 시작했다. 그런데 친구들이 탈코를 하고 나를
재촉하기 시작했다. "너 왜 숏컷 안 해?" 이런 소리도 들었다.
뭐지? 이러다가 그해 연말쯤에 숏컷을 했다.

2016년 5월 17일 강남역의 한 공용화장실에서 30대 남성인 김성민이
일면식도 없는 20대 여성을 살해한 사건이다. 김씨는 화장실에서 남성
6명은 그냥 보내고 여성을 기다려 범행을 저질렀고, 살해 동기로 '평소
여자들이 무시해서 살해했다'고 주장한 사실이 알려지며 여성들은
이 사건을 '여성혐오 범죄'라고 명명했다. 사건 현장과 가까운 강남역
10번 출구에 피해자를 추모하는 포스트잇을 붙이는 운동이 일어났다.

헵시　자기들도 안 했으면서! 럼럼이 그때 탈코르셋 해시태그를 달아 인증한 걸 멋있다고 생각하며 봤던 게 생각난다. 댓글에 시비를 거는 사람도 있었다.

럼럼　맞다. 숏컷을 하고 인증 사진을 많이 찍었다. 처음에는 무서워서 9mm로 밀었다. 가장 긴 선택지였는데 생각보다 나쁘지 않았다. 그래서 그 뒤에 6mm로 또 밀고 3mm로 밀고, 그럴 때마다 인증 사진을 찍었다. 또 친구들의 영향을 받아서 나도 "탈코 안 하면 페미가 아니다"라고 생각하고 있었다. "왜 나보다 먼저 페미니스트가 된 사람들이 탈코르셋 안 하지?" 생각하기도 하면서 주변에 강요했다. 내가 인증 사진을 올리면 주변 사람들도 더 숏컷을 하겠지, 하고 생각했다.

제옹　나도 숏컷일 때 그 생각으로 다녔다.

헵시　외로워서 그런 것도 있는 것 같다. 나만 숏컷이면 혼자 짧은 머리 역할이 되는 게 싫었다. 비슷한 친구들과 함께하고 싶은 마음이 있었다.

던던　이건 사진의 양에 대한 얘기인데 내가 숏컷 했다가 투블럭 했다가 조금 기르면 다시 또 숏컷을 하고 그랬다. 그때 머리가 지저분하게 자랐다. 근데 또 자란 머리카락을 자르기에 너무 아깝고 기르고는 싶은데 어중간하게 두면 머리가 제비 꼬리 같았다.

헵시　맞아. 홍합 같은 머리 된다.

던던　맞다. 그래서 그때 사진이 거의 없다. 머리는 지저분한데
교복은 또 치마를 입고 있고 블라우스는 열고 안에 티셔츠를
입고 있었다. 그때 사진들을 보면 총체적으로 너무 혼란스럽다.
그래서 그때 사진을 다 삭제했다. 머리가 아주 짧은데 꾸역꾸역
고데기 하고 다니고 땋기도 하면서 어떻게든 하려 했다.

제옹　그때를 생각해 보면 헵시는 페미니즘에 대한 얘기를
강하게 하는 친구였고 은은하게 얘기하는 친구와 좀 대립이
있기도 했다. 거기서 나는 마음은 있지만 티는 안 내는 편이었다.
이때 헵시가 아무리 얘기해도 "그래…" 하고 도망가기도 했다.
근데 내가 2018년에는 ♠ **혜화역 시위**를 하고 있었다.

헵시　2018년 시위가 동창회와 같은 날이었는데 친구들이 다
시위를 다녀오고 탈코르셋을 하고 있었다. 그래서 역시 사람은
다 변화하는 때가 있구나, 누군가를 말로 바꾸려 하기보다는
자기 스스로 선택하기를 기다려야 한다는 생각이 들었다.

♠　　불편한 용기가 주최한 불법촬영 편파수사 규탄시위다. 피의자가
여성이고 피해자가 남성인 홍대 불법촬영 사건에서 사회적 공론화의
집중도와 언론 주목도, 수사방식과 사건처리 속도 등이 지금껏 여성이
피해자였을 때와는 전혀 다르다는 문제의식이 확산하며 열렸다.
2018년 5월부터 12월까지 혜화역과 광화문에서 총 6번의 시위를
열었다. 제6차 시위에서는 주최 측 추산 11만 명이 모이기도 했던
큰 규모의 시위였다. 한편 '생물학적 여성'만 참여할 것을 명시하며
비판을 받기도 했다.

+˚*。

도이 2019년부터 거울 셀카를 많이 찍기 시작했다. 이전까지는 주변의 환경이 다 마음에 안 드는 상태였다. 부모님이랑 같이 살았는데 독립하는 것이 일생의 꿈이었다. 2019년 말에 그걸 이뤄냈다. 그때 사귀던 사람이 전신 거울을 선물해 줬는데 처음 가져본 전신 거울이었다. 내 스타일을 이때쯤 찾아서 다양한 옷을 입어보는 걸 좋아했고 패션에도 관심이 많이 생겼다. 그전에 입었던 옷은 잘 어울리지 않았다고 느낀다. 그래서 다양한 스타일도 많이 시도해 보고 섹슈얼한 사진도 많이 찍었다. 나에게 있어 페미니즘의 중요한 메시지 중 하나는, 소위 '창녀스러운' 표현도 자기표현이 될 수 있다는 것이다. 음… 나는 자라면서 ✿ **슬럿 셰이밍**을 많이 당했다. 엄마, 아빠한테도 그렇고 전에 사귀던 사람들한테도 그렇고. 그래서 죄책감이 있었다. 그러다 "죄책감을 느끼지 않아도 괜찮다. 내가 나를 너무 검열하지 않아도 된다. 나는 섹스를 좋아하는 사람이다. 그것 또한 나의 자기표현이 될 수 있다." 이런 생각을 하게 되었다. 그래서 혼자 '섹시한 사진을 찍어볼까?'(웃음) 하고 찍은 사진들이 있다. 이때도 ♥ **브래지어**를 안 해서 니플Nipple이 나와 있는데 그냥 SNS에 올렸다. 뭐 어때? 그냥 가슴이야! 라고 생각하고 올렸던 것 같다. 그때부터는 주변 환경을 내가 원하는 대로 구성했고, 내 집을 얻었고, 내가 좋아하는 표현이 담긴 옷을

✿ Slut-shaming. 옷차림 또는 연애와 성생활을 이유로 한 부정적인 눈초리, '헤프다'는 비난, 낙인찍기 등을 의미한다. 대부분의 경우 여성에게만 가해진다.

71

입었다. 그걸 드러내는 거울 셀카를 많이 찍었다. 내 전신과 주변 환경이 보이게끔.

그리고 아까 헵시가 꺼낸 퍼스널 컬러에 대한 이야기도 재미있었다. 이때쯤 자신의 퍼스널 컬러를 찾는 게 유행하지 않았나. 그래서 이때 내가 가을 웜톤이라고 철석같이 믿고 카키색 옷, 버건디 입술 같은 걸 시도했다. 하지만 어울리지 않았다. '☻톤그로'였다. 그래서 재미있다. 우리가 각자 거쳐온 시간이 있는데, 공통된 트렌드에 다들 각자의 방식대로 어느 정도 영향을 받았다는 생각이 든다.

헵시　맞다. 모아놓은 모두의 셀카에서 공통으로 그러데이션처럼 빠지는 채도가 먼저 눈에 보이기도 한다. 예진에게 궁금한 게 있다. 아까 친구들이 찍어준 사진에 관해 얘기했을 때 찍는 사람의 연출 의도에 유연하게 자신을 맞춘 것 같은데, 그 안에서 자신이 표현하고 싶은 모습이 있었는지? 중심이 되는 게 무엇인지 궁금하다.

☻　여성이 가슴에 착용하는 속옷이다. 2010년대 초반까지만 해도 한국에서 여성이라면 필수로 착용해야 한다고 여겨졌지만, 현재는 '탈브라'를 선택하는 여성도 많아졌다. 이에 따라 와이어가 없는 브라렛, 니플패치, 캡 내장 의류 등의 시장 규모도 빠르게 커졌다. 가수 설리가 인스타그램에 '노브라' 사진을 올리고 2019년 JTBC 〈악플의 밤〉에 출연해 '브래지어 착용은 개인의 자유다'라고 말한 것이 많은 여성들의 '탈브라' 계기가 되기도 했다.

☻　색상을 뜻하는 '톤'(tone)과 성가신 문제를 뜻하는 '어그로'(aggro)를 합쳐서 만든 신조어로, 퍼스널 컬러 이론이 유행하며 만들어진 말이다. 자신의 퍼스널 컬러에 맞지 않는 화장이나 옷을 착용하여 어색한 이미지로 보이는 상황에서 사용된다.

예진　솔직히 나는 대상화되는 것을 싫어하지 않는다. 응시받고 싶은 욕구가 강한 것 같다. "난 이렇게 예쁜데 왜 나 혼자 봐야 하지?" 이런 느낌. 그런데 모든 사람이 나를 예뻐할 수 없지 않나. 그런데 모든 사람한테 맞추고 싶다는 마음이 강해서 그런 식으로 페르소나를 너무 많이 만들려 노력했다. 외모뿐 아니라 성격에 대해서도 내가 내 안에서 나를 분화시킨다. 나는 섹시해야 하기도 하고, 귀엽기도 해야 하고, 예쁘기도 해야 하고, 그러면서 성숙하고, 그렇지만 아기 같고 그런 식으로 자아 분열이 일어난다. 그런데도 다른 사람들이 만족하지 못하면 어떡하나 고민했다. 사진 한 장도 뭐가 제일 예쁠까, 어떤 필터가 가장 잘 어울릴까 하면서 여러 방식으로 보정했다.

그러면서 인스타그램에 업로드를 병적으로 많이 했다. 사실 많이 올린 것은 문제가 아니고 너무 다양하게 올렸다. "애들아, 나는 이렇게 예쁘고 사랑스러운데 공부도 잘해. 애들아, 나는 작업도 잘하고 이것도 잘해. 제발 나 좀 인정해 봐." 인정 투쟁을 한 거다. 내가 완벽하다는 것을 보여주면서 사람들의 오해를 깨고 싶었다. 애는 이렇게 예쁘니까 공부 못하겠지 하는 편견. 편견으로 대상화되는 건 너무 싫었다. 그래서 오기로 공부도 열심히 했다.

힙시　기분 좋은 대상화랑 반박하고 싶은 대상화가 둘 다 있구나.

예진　그래서 어나더 레벨, 넘사벽으로 나를 보여주고 싶다고 생각하며 나를 전시했다. 당연히 사람들도 애 자꾸 이렇게 자신을 방출하려고 하네, 하고 눈치챘을 것이다. 그래서

당시에 그런 고민을 했다. 내 정체성이 없어서 나를 구성하는
바디Body가 없는 느낌이었다. 작가도 작품을 만들 때 자기가
계속 만드는 작품의 유형이 정해져야 작가로서의 정체성도
정해지지 않나. 하지만 내 자아에 그게 없는 것 같았다. 그럼에도
불구하고 정체성이 없는 게 정체성일 수도 있겠지만 그 상태가
너무 모호해서 힘들었다. 그래서 나를 다듬고 정리하는 것을
계속 연습 중이다. 그러면서 다양하게 시도해 보고 있는데, 하나
꼽아보자면 나는 채도가 높다. 의상도 일반적인 것 같으면서도
일반적이지 않은 것들을 입는다. 그러면서 내 이미지를 유지해
오고 있는 것 같다. 애들과 똑같아지고 싶지는 않은데 애들처럼
예쁘고 싶은 거다. 그런 것도 있다. 인스타그램에 사진을
올릴 때 피드의 분위기를 맞추고 싶은데 이것저것 올리니까
지저분해지는 거다. 그래서 다 지워버리고 계정을 없애고 싶다는
충동도 온다.

겨자 자기만족을 위한 셀카가 있고 업로드를 위한 셀카가 있지
않나. 나는 업로드용 셀카는 모든 분위기가 뒤섞여도 상관없어서
아무렇게나 막 올린다. 한 장 올리기 위해서 세 장 정도만 찍고
하나를 올린다. 그런데 내 만족을 위한 셀카는 진짜 많이 찍는다.
나는 그런 편인데 다들 어떤지 궁금하다.

예진 나는 구분하지 않는다. 내가 만족스러우면 당연히 다른

🏛 '넘을 수 없는 사차원의 벽'의 줄임말로, 아무리 노력해도 자신의
    힘으로는 격차를 줄이거나 뛰어넘을 수 없는 상대를 가리키는 말이다.

사람에게 보여주고 싶다.

헵시 천생 연예인이네.

예진 내가 이렇게 예쁜 자본을 가지고 있는데 노출하지 않으면 손해 보는 느낌이다. 그런데도 너무 껄끄러운 사진이다 싶으면 비공개 계정에 테러하듯이 올린다. 헵시가 잔소리할 때도 있다. 제발 옷 좀 입으라고.

헵시 그래. 깜짝 놀라니까. 하지만 그런 예진이가 좋다.

도이 난 완전 좋다고 생각한다.

헵시 맞아. 나는 구분을 두는 편인데, 공개 계정에는 나를 디자이너로 알고 팔로우하는 사람들이 많다 보니 어떤 셀카는 올리면 팔로워 수가 줄어들기도 한다. 작업이나 해! 이런 건지…. (웃음) 남이 찍어준 세련되어 보이는 사진은 팔로워 수가 유지된다.

도이 웃기다, 진짜. 시각 예술과 관련한 직업을 가지면 그렇구나.

헵시 그래서 비공개 계정을 만든 건데 비공개 계정도 아무거나 올리면 우리가 이렇게 친했나? 하고 팔로우 취소를 당할 것 같을 때도 있다. 그런 게 은근히 좀 신경쓰인다. 그래도 애인이 직접 찍어줬거나 영상 통화할 때 나를 캡처한 사진이 귀여워 보이면 비공개 계정에 가끔 올린다. 행복해 보여서 마음에 들기도 하고, 귀여운 사진이라면 친구들이 좋아해 주겠지? 하는 예쁨 받고 싶은 마음에 올리고 보는 것도 있다.

도이 (사진을 보고) 귀여워! 동그라미가 된 기분이 뭔지 알 것 같다. 나의 경우 트위터와 인스타그램 셀카로 나뉘는 것 같다. 트위터 비공개 계정에는 셀카를 자유롭게 올리는데, 잔뜩 허세 부리면서 담배 문 셀카 같은 것도 올린다. 나는 그런 사진을 재미있다고 생각하는데, 인스타그램에 올리면 분명 언팔로우 당할 것이고, 내가 흡연자인 걸 모르는 유아교육과 동기들도 있다. 그래서 인스타그램에는 잘 나오고 정돈된 멋진 사진만 올릴 수 있다. 트위터에는 별 사진을 다 올린다.

헵시 맞다. 가까운 사람들에게는 내 모습을 다 보여주고 싶기도 하다. 우리가 지금 이야기하는 고민까지도. 그런 것들을 알아야 내가 올리는 이미지만 보고 날 오해하지 않을 것 같으니까.

예진 나는 공개 계정과 마찬가지로 비공개 계정도 대상화 당하는 건 마찬가지라고 생각한다. 솔직하고 싶지만 다 꾸며내는 것이다. 그래서 나는 비공개 계정도 엄청나게 의식하면서 올린다. 공개 계정에는 정돈된 톤앤매너가 있고, 비공개 계정에는 거슬리는 점이 있거나 배경이 안 예쁘지만 그런데도 예쁜, 어딘가 보여주고 싶은 마음이 드는 사진을 올린다. 비공개 계정을 보는 사람들이 더 긴밀하지만, 모든 걸 보여줄 수 있는 사람들만 있는 건 아니어서 공개 계정에는 올리지 않은 더 예쁜 것들을 너희들에게 보여주고 싶다는 생각으로 올린다.

도이 그것도 뭔지 알 것 같다. 내가 예쁜 척을 하든 섹시한 척을 하든 멋있는 척을 하든 너희는 그런 척하는 나를 다 좋아해 줄 거지? 이런 마음으로 올리는 게 비공개 계정이다.

✳...｡♡✳° '' ° ° 2019 – 2022 ° '' ° °♡✳...｡✳

❷❶❶❾

'꾸안꾸' 유행어의 등장

⓪①

승리 운영 클럽 버닝썬
다수의 약물 성범죄 혐의

⓪②

ITZY, 〈달라달라〉 발매

⓪④

낙태죄 헌법불합치 결정

트와이스, 〈FANCY〉 발매

⓪⑥

설리 〈악플의 밤〉 출연해
"브라는 액세서리일 뿐"
소신 발언

⓪⑦

추적단불꽃의 N번방
모니터링 취재 시작

⓪⑧

〈컴백전쟁: 퀸덤〉 첫 방영

⓪⑨

네덜란드 AI 연구소
'딥트레이스' 딥페이크
포르노 합성 피해 중 25%
한국 여성 연예인으로
보고

①⓪

설리 사망에 애도 물결

①①

N번방 등 텔레그램 성
착취 범죄 대두

아이유, 〈Love Poem〉
발매

구하라 사망에 애도 물결

❷❶❷❶

글로벌 인플루언서
마케팅 시장 규모
11조 1,250억 원 추정

⓪①

안다르 사내 성폭력
피해자 부당해고 논란

⓪②

숙명여자대학교 트랜스
여성 합격자 입학 반대
논란

⓪③

김지은, 『김지은입니다
- 안희정 성폭력 고발
554일간의 기록』 출간

⓪⑥

블랙핑크, 〈How You Like
That〉 발매

⓪⑦

아이린&슬기, 〈Monster〉
발매

박원순 전 서울시장
성추행 고소 보도, 이후
박원순 극단적 선택

⓪⑧

정의당 류호정 의원
원피스 입고 국회 본회의
참석

①①

사유리 정자기증을 통한
출산 발표

에스파, 〈Black Mamba〉
발매

❷❶❷❶

코로나19 여파로
색조화장품 수요 하락,
기초화장품 수요 급증
지난해 같은 기간 대비
네이버 바디프로필
검색량 약 72% 증가

에스파 카리나 데뷔
이후 AI상이라는 유행어
본격적으로 정착

디올 수지, 지수 앰버서더
활동 이후 20~30대
소비자 증가, 한국 매출
6,000억 돌파

⓪① AI 챗봇 이루다 혐오
메시지, 성희롱, 개인정보
유출 등 논란 끝에 서비스
중단

⓪② 브레이브걸스, 〈Rollin'〉
역주행 히트

⓪③ 트랜스 여성 군인 변희수
사망

아이유, 〈라일락〉 발매

⓪④ 스테이씨, 〈ASAP〉 발매

⓪⑤ 에스파, 〈Next Level〉
발매

GS25 집게 손 메갈리아
억지 논란 후 디자이너
징계, 마케터 보직해임

⓪⑦ 양궁 선수 안산 숏컷,
페미니스트 비난에
#여성_숏컷_캠페인 등
응원 움직임

⓪⑧ 닷페이스 〈식욕억제제
먹은 사람들이 말하는
진짜 부작용〉 발행

❷⓪❷❷
⓪① 더불어민주당 대선
선거대책위원회
추적단불꽃 출신 박지현
공식 영입

⓪③ (여자)아이들,
〈TOMBOY〉 발매

⓪④ IVE, 〈LOVE DIVE〉 발매

⓪⑤ 르세라핌, 〈FEARLESS〉
발매

대한민국 제20대 대통령
윤석열 취임

⓪⑦ 인하대 재학생 성폭행
살인 사건

뉴진스, 〈Attention〉 발매

⓪⑨ '소식 먹방' 유행. 웹 예능
〈밥맛 없는 언니들〉 한
에피소드 당 평균 200만
뷰 돌파

신당역 살인 사건

①⓪ 틱톡 #갸루피스 챌린지
196.7만 조회수 기록

이태원 참사

①① 발렌시아가 아동 성
착취물 연출 논란

헵시 나는 이때가 페미니스트로서의 안정기였다. 2017년 말부터 *ƒ* 닷페이스라는 회사에 다니고 비슷한 신념의 동료들과 친구들만 계속 만나다 보니 주변이 평화로웠다. 어릴 때부터 다니던 교회가 문제였는데, 교회만 가면 투사 역할이 되는 게 힘들었다. 나랑 비슷한 친구들과 있으면 친구들이 나를 헐렁하고 귀엽게 봐주기도 하는데, 교회만 가면 사람들과 싸우게 되고 내 성격에서 센 면이 부각되면서 어느새 드센 사람이 되었다. 그래도 나를 이해하는 사람도 많았지만, 나와 비슷한 사람이 적은 환경에 나를 집어넣고 계속 날을 세우고 있는 것에 지쳐버렸다. 지금은 교회 다니는 걸 쉬고 있다. 마음이 확실히 편해졌다.

제옹 나는 이전에는 오히려 센 이미지로 화장하니까 페미니즘을 말로써 더 표현하면서 싸우고 다녔고 이때는 겉모습을 다 내려놓으면서 겉으로 페미니스트임을 드러내고 오히려 말은 더 유하게 했다.

던던 고등학교 1학년 때 많이 싸운 뒤로 2학년, 2019년부터는 남자애들도 여자애들도 다 적당히 하는 느낌이었다. 애초에 이 얘기를 꺼내면 파국일 걸 아니까 얘기를 아예 안 하는

ƒ 2016년에 세워진 독립 뉴미디어 채널로, 페미니즘, 성범죄, 기후위기, 성소수자, 장애 등의 이슈에 주목하는 스타트업이다. 6년간의 활동 후 2022년 7월 해산했다.

느낌이었다. 남자애들이 그런 얘기할 것 같으면 "근데 너랑 나랑 이런 얘기하면 싸울 것 같고 네 생각 어떨지 알 것 같으니까 그냥 말하지 말자"라고 했다. 주변 사람이 이해가 안 되는 말을 한다고 해서 하나하나 다 걸고넘어지면 내 주변에 남는 사람이 하나도 없겠다는 생각이 들었다. 그래서 인간관계를 잘 정리하고 나랑 성향이 맞는 친구들과만 지내는 게 부럽고 나에겐 어렵다.

헵시　그게 좀 어렵다. 나도 정리를 쉽게 하지 못하다가 결국에 놓을 준비가 되었을 때 놓은 것 같다. 이제는 내가 이 친구들을 안 만나면 쓸쓸할 수는 있지만 외롭진 않겠다는 마음이 들었을 때 놓았다.

+˚*。

겨자　2019년에 보수적인 회사에 취직했다. 그때부터 단정하게 보이려고 노력했다. 사실 입술 피어싱도 하고 싶고 염색도 하고 싶고 머리도 희한하게 잘라보고 싶었는데, 그런 것들을 다 포기하고 이렇게 잔잔하게 가고 있다. 그래서 조용조용한 사진들이 대부분인데 그나마 이 인터뷰에 맞게 독특한 사진들을 가져오려고 했다. 어떻게 보면 나에게 가까운 느낌의 사진들. 2019년 사진은 시부야에서 찍었던 사진인데, 일본 친구들을 만나면 통과 의례처럼 스티커 사진을 찍는다. 일본의 스티커 사진 문화를 '프리쿠라'라고 하는데 최소로 보정해도 얼굴이 엄청나게 변형된다. 사실 나는 이때 일하러 갔던 거라서 너무 지쳐있었고, 친구들이 행복해하는 걸 구석에서 흐뭇하게 바라보고 있었다. 그때 조용히 완벽하게 보정된 이 프리쿠라 모델의 이미지와 함께 셀카를 찍었다.

　2020년 사진에서는 이직을 너무 하고 싶어서 링크드인의 '👫#OpenToWork'라는 마크 필터를 입힌 사진이다. 마크가 찍힌 사진은 졸업 사진인데, 누군가 처음으로 나에게 풀 메이크업해준 얼굴이다. 2021년 사진은 요즘 얼굴을 디즈니처럼 바꿔주는 희한한 필터가 많은데, 그중 "나 이렇게 생기고 싶어"라고 생각한 필터가 이것이었다. 자기가 가진 사진을 고르면 결과가 나온다. 내가 고른 사진은 동영상 화면 기록으로 찍은 것인데, 셀카를 찍으면 얼굴이 반전되지 않나. 그리고 버튼을 눌러서 찍은 사진은 처음에 화면에서 본 얼굴과 다르게 나온다. 그런 왜곡이 싫어서 기록된 영상의 수많은 프레임 중 원하는 걸 다시 캡처해 셀카로 남기는 편이다. 그러면 공들여서 촬영 버튼을 누를 필요도 없고 얼굴이 반전되지도 않는다. 그렇게 내가 마음에 들어서 캡처한 프레임에 마음에 드는 필터가 한 번 더 더블링되어 입혀진 것이다. 내가 좋아하는 셀카 이미지에 더 가깝게 나온 사진이다.

헵시　오! 나도 동영상으로 찍어봐야지. 셀카에 많은 이야기가 있어서 재미있다.

📷　プリクラ. '프린트 클럽'(プリント倶楽部)의 약자로, 1995년에 발매한 스티커 사진기의 상품명이다. 2000년경 일본 여고생들을 중심으로 '갸루'(ギャル) 문화의 상징이 되었다. 이후 고유명사가 되어 영어에서도 'Purikura'로 스티커 사진을 의미하게 되었다.

👫　구직 중인 유저가 이직 의사를 알릴 수 있는 링크드인의 프로필 표시 기능이다. 관심분야와 선호하는 위치를 지정하면 리크루터가 지원자를 찾을 때 유저의 프로필이 검색 결과에 표시된다.

예진　나는 요즘 되도록 필터를 안 쓰려고 한다. 뭔가 인스타그램에서 많이 보이는 자연스러운 ☺**아이폰 감성** 다들 아시지 않나. 그 감성이 좋다. 뭔가 각 잡으면서 찍은 사진은 이미 티가 나고, 거기서 필터까지 쓰면 내가 신경을 너무 많이 쓴 것처럼 보인다. 나는 이렇게 자연스럽게 찍었는데 예쁘다는 걸 보여주고 싶다. 쉽게 말해서 '꾸안꾸'다. 그래서 갖고 온 사진이 2022년 사진이다. 이것도 필터가 들어가긴 했는데, 최소한의 필터로 일반 사진처럼 보이고 싶어서 찍은 사진이다. 그리고 보정이 들어가면 사진 화질이 죽는다. 그래서 최대한의 화질도 뽑고 싶어서 이런 식의 사진을 요즘 추구하고 있다.

　　　이건 좀 다른 얘기인데, 나는 혼자 집에 있을 때도 예쁘게 꾸미는 편이다. 그래야 자기만족이 된다. 나는 자유도가 높은 상황에서 자신에게 폭력적이다. 내가 나를 방치하게 되는 느낌이다. 조금 제약이 있어야 내 행동의 범위가 넓어지지 않아서 편한데, 화장도 마찬가지다. 오히려 내가 맨얼굴로 외출하면 불편하고 꾸밈노동을 해야 편해지는 아이러니가 있다. 그래서 방학 때 너무 힘들다. 누가 나한테 해야 할 일을 안 시키니까.

헵시　맞다. 나는 꾸밈에 있어서는 아니지만, 제약이나 루틴이 있는 걸 좀 편하게 느낀다. 아무것도 없으면 우울해진다.

☺　　보정을 거친 듯한 선명한 색감, 이른바 '쨍한 느낌'을 자랑하는 갤럭시 시리즈에 비해 현실적이며 톤이 다운된 색감을 구현하는 아이폰 사진의 특징을 말한다.

도이   나도 평상시에는 탈코한 것 같은 스타일로 다니는데 이걸 내 친구들은 모른다. 왜냐하면 항상 이렇게 꾸미고 오기 때문에 내가 맨날 이렇게 입고 화장하고 다니는 줄 안다. 그런데 나도 예진에게 공감하는 게, 평상시에 하는 차림이 내가 완벽하게 좋아하는 내 모습은 아니다. 그냥 귀찮아서 발생한 모습인데, 그 모습보다는 내가 친구들에게 보여주고 싶은 모습이 더 나답다고 생각한다. 그래서 주기적으로 친구들 만날 때 엄청 꾸미고 가는 과정을 좋아한다. 거기서 느끼는 안정감도 있고 한 번씩 자기표현의 기회를 가져야 나다움을 느낀다. 그래도 충족이 안 될 때 셀카를 많이 찍는 것 같기도 하다.

♛ **퍼스널 브랜딩**이나 자기 PR에 대한 생각도 많이 하게 됐다. 이전에는 셀카가 그런 수단이 될 수 있다는 생각을 못 해봤는데 이런 사진을 찍어 올리기 시작할 때부터 옷을 잘 입는다는 말도 한 번씩 듣고, 모델 하면 좋겠다는 이야기도 들었다. 내가 옷을 좋아하지만 그렇게 잘 입는다고 생각하지도 않고 다른 사람의 카메라에 담기는 것도 무서워하니까 모델을 하고 싶다는 생각도 한 번도 해본 적 없었는데, 마치 내가 "나 되게 멋진 사람이야. 나 이런 옷도 입어"라는 이미지로 사진을 찍어 올리니까 "도이는 멋쟁이고 패션과 화장에 관심이 많은 애"라는 이미지가 친구들에게 잡힌 것 같다. 스스로 이렇게

♛   '나만의 개성과 매력, 재능을 브랜드화하여 나의 가치를 높이는 행위'를 말한다. 동시에 고용불안의 심화로 '평생직장' 개념이 모호해지고 SNS나 유튜브 등의 플랫폼이 발달하며 퍼스널 브랜딩에 도전할 수 있는 진입장벽이 낮아지게 되어 MZ세대 사이에서 주목받고 있다.

말하는 것도 되게 부끄럽다. 그러다 올해에는 친구들에게 "우리 사진 찍을 건데 네가 와서 메이크업이나 의상 좀 도와줄래?"라는 제안도 몇 번 받았다. 진짜 인생에서 그런 일들이 생긴다. 2020년부터 찍은 사진에서 일관되게 그런 방향이 보이는데, 이제 정말 나도 그런 사람이 된 것만 같다.

예진　그런 것도 있지 않나. 나의 경우에는 그날 어떤 옷을 입었냐에 따라서 성격이 달라진다. 내가 그날 추리닝을 입고 일하면 갑자기 털털한 성격이 되고, 귀엽게 입으면 귀엽게 행동하고, 깔끔한 정장을 입으면 시크하게 행동한다. 신발도 구두를 신으면 모델 워킹처럼 걷고, 슬리퍼를 신으면 찍찍 걸어가고 이런 식이다. 이미지에 따라 수행하는 행동이 달라진다.

헵시　맞아, 맞아. 나는 2019년이 머리를 자르고 혼란스러웠던 시기였다. 2018년 말에 머리를 잘랐는데, 11월에 베트남 여행을 가 있었을 때 ※ **이수역 폭행 사건**이 일어났다. 논란이 있는 사건이기도 하지만, 숏컷을 한 여성이 위협을 당했다는 사실에 화가 나서 한국에 돌아가면 머리를 잘라버리겠다고 결심했다. 어떻게 보면 오래 고민하지 않고 한번에 자른 것인데, 자르고

※　　2018년 11월, 서울 이수역 인근 술집에서 시비 끝에 20대 남녀 사이에 벌어진 폭행 사건이다. 자신이 피해자라고 주장한 여성 A씨가 온라인 커뮤니티에 글을 올리며 젠더갈등으로 크게 번졌다. 당시 사건 동영상이 올라와 커뮤니티에서 책임소재를 놓고 갑론을박이 벌어지기도 했다. 관련한 청와대 청원에는 하루 만에 10만 명이 넘게 동의했다. 남성 B씨는 벌금 100만 원을, 여성 A씨는 벌금 200만 원을 선고받았다.

나니 내 젠더 표현에 맞지 않는다는 기분이 들었다. 머리를
자르고 치마를 엄청 많이 입었다. 부치 같은 느낌으로 보이고
싶지 않았던 것 같기도 하다. 2020년에 탈색한 긴 숏컷일 때는
꾸미는 것도 잘 붙었는데, 짧은 투블럭일 때는 스스로 거울 보는
것도 너무 어색했다. 그렇다고 2020년에 꾸민 것이 주체적인
행동은 아니었다. 틴더에서 인기를 얻으려고 꾸민 것이니까.
그러다가 단발이 되고 더 자연스러운 스타일을 지향하게 되며
외모와 성격과 잘 붙는 지점을 찾은 것 같다.

그래서 이번에 자른 머리는 투블럭과는 다르게 바리깡을
안 쓰는 ✲ **픽시컷** 스타일인데, 약간 프랑스 배우 느낌을
내고 싶었다. 이 머리를 자르고 가장 만족스러웠던 착장이
퀴어퍼레이드 애프터 파티 때 입은 검은색 민소매 원피스였다.
지나치게 페미닌한 스타일은 내 성격과 안 맞는다고 느끼는데,
이 머리에 원피스를 입으니 잘 어울리게 중화되는 느낌이다. 내
성격의 솔직하고 외향적인 면을 괜찮아보이게 감싸줄 수 있는 게
지금의 모습인 것 같다. 이때 나의 시선이 남의 시선을 경유하며
다시 자신을 바라보게 되고, 타인의 눈과 내 눈이 딱히 구분되지
않는 상황을 겪으며 여러 변화를 많이 거쳤다. 그래서 나도
마지막은 '꾸안꾸' 사진이다.

♡✲˚

✲　　'요정'을 의미하는 픽시(Pixie)에서 유래되었으며 일반적으로 뒷머리와
옆머리를 짧게 자르고 윗머리는 길게, 앞머리는 짧게 자르는 헤어
스타일이다. 1960년대 후반 모델 트위기, 배우 진 시버그 등 많은 여성
셀러브리티를 중심으로 유행했다.

가빈 2020년에는 재수를 했다. 이때 삶이 팍팍하고 푸석푸석한
느낌이었다. 거기서 또 꾸미기까지 하려니까 기운도 없고 하기
싫어서 잘 안 꾸미고 다니게 되었다. 마침 만나는 친구들도
안 꾸미는 친구들이었다. 힘들어서 내려놓은 건데, 막상 하다
보니 자연스러운 것도 괜찮다고 느끼게 된 것 같다. 사실 나는
성격이 스스로 예쁜 척한다고 느껴지면 못 견뎌 하고, 담백한 걸
좋아하는 사람이었는데 이때 나와 잘 맞는 방식을 찾게 된 것
같다.

♡✳°

다희 내 인생에서 가장 큰 혼돈과 격정의 시기였다. 제대로
준비가 안 된 상태로 자취를 시작했다. 술도 늦게까지 마시고
담배도 자주 피우다 보니 건강이 안 좋아졌고, 이상한 남자들을
많이 만나서 상처도 많이 받았다. 외로운 마음을 감당할 수
없었는데, 그런 감정을 인스타그램이 잠시나마 잊게 해줬다.
인스타그램에 보이는 친구들의 예쁜 모습이 너무 부러워서
나도 예쁜 카페에 가서 행복한 표정의 사진을 찍어 올렸다. 그
순간만 잠깐 행복하고 삶이 진짜로 행복하지는 않았는데, 내
삶이 행복하다는 걸 보여주고 싶었다. 그때는 그렇게 의도했다고
느끼지 못했는데 지금 보면 그래 보인다.
　　그러다가 기리보이의 〈👹이때다〉라는 노래를 듣게
되었다. 인터뷰 질문을 보자마자 이 노래의 가사가 딱 떠올랐다.
"행복은 폭풍 전야이자 또 저주"라는 가사였다. 담담하게
읊조리는데 헉, 하면서 그 가사와 동화되는 느낌을 받았다. 그때

정말로 좀 행복할 만하면 이상한 일이 터지고, 다시 행복할
만하면 또 이상한 일이 터지는 시기였다. 나만 그렇게 생각했던
게 아니구나, 나만 힘든 게 아니구나 하면서 위로받았다.

헵시 생각보다 비관적인 가사라서 놀랐다. 인스타그램에서는
행복을 조각조각 모았는데 불행을 이야기하는 가사에
위로받았다는 게 아이러니하면서도 공감된다.

다희 맞다. 그래서 기리보이 노래를 열심히 찾아 듣다가 한국
힙합에도 빠지게 됐고, 옷도 힙합과 잘 어울리는 스타일로 입고
다녔다. 옷이 마음에 드는 날에는 전신 거울에서 찍은 셀카를
인스타그램에 열심히 올리기도 했다. 지금은 창피해서 다 지웠다.

✴︎´♡

럼럼 나는 2018년에 내가 바이섹슈얼이라고 정체화했다.
그리고 머리를 자르니까 내가 너무 멋졌다. 잘생겼는데? 이런
생각이 들고 여자한테 인기 많아지겠다는 생각이 들었다.

헵시 부치 입문한 건가. (웃음)

🐱 2019년 발매된 래퍼 기리보이의 앨범 《치명적인 앨범 III》의 4번
트랙이다. 다음은 가사의 일부. ♬ 이때다 싶어 내게 다가왔던
악마들은 내게 저주를 계속 퍼부어 ♬ 어쩐지 그동안 너무 행복하다
했어 ♬ 행복은 폭풍 전야이자 또 저주 ♬

⚲ 이성과 동성 모두에게 성적, 낭만적 끌림을 느끼는 사람을 말한다.

럼럼 (웃음) 부치 입문 완료. 갑자기 행동도 달라졌다. 문도
열어주고 걸음걸이가 위풍당당하게 바뀌는 희한한 경험을
했다. 나는 머리를 잘랐을 뿐인데 왜 내가 남성같이 행동하지?
외모 강박에서 벗어나려고 이렇게 한 건데 왜 더 멋져 보이고
싶은 욕망이 올라오고 만족감이 들지? 이런 생각도 들어서
혼란스러웠다.

헵시 자연스러운 일 같다. 어찌 보면 탈코르셋도 가부장제의
틀에서 벗어나는 것이고 동성애도 그런 거니까. 그래서 한국에
탈코르셋의 흐름에 맞춰 ✸ **레즈비어니즘** 담론이 활발해진 게
논리적인 흐름이라고 생각한다. 억압에서 벗어났을 때 보이는
새로운 사랑이 있는 거고. 머리 잘라서 레즈비언 되었다고
말해도 이상한 건 아닌 것 같다. 사람은 고정된 게 아니니까.

던던 숏컷 하면 여자아이들이 멋있다고 해주니까, 그걸
의식하고 호응을 얻고 싶은 마음이 들어서 부치처럼 행동하게
되기도 한다.

헵시 내가 바이섹슈얼인 걸 모르던 어린 시절부터도
여자애들에게 잘 보이고 싶은 마음이 훨씬 크고 복잡했던

✸　1960년대 후반 제2물결 페미니즘 내부에서 발생한, 남성과의 단절을
　　주장하는 분리주의 페미니즘과 여성 간의 강한 연대감이 합산되어
　　나타난 움직임이다. 이를 주장하는 페미니스트들은 성적 지향이
　　고착화된 것이 아니며, 정치적이고 여성주의적인 '선택'일 수 있다고
　　주장한다.

것 같다. 그래서 숏컷 하고 나서 남자친구가 생겨서 조금
인지부조화가 오기도 했다. 여자인 친구들 만날 때와 다르게
입기도 하고, 미묘한 차이가 있었다. 아무튼 부치가 되고 싶은
마음이라는 거 너무 공감되고 웃기다. (웃음)

던던　셀카도 일부러 멋진 척하면서 찍었다. 괜히 옷도 운동복을
입고 찍었다. 투블럭으로 민 안쪽 머리를 계속 보여주려는
사진을 많이 찍었다.

제옹　나는 여기 머리 뒤 꽁다리가 보이게 사진을 찍었다.

헵시　맞아, 맞아. 꽁다리 포인트지.

제옹　그리고 사진의 양이 줄어들었다. 2017년 사진은
아르바이트 끝나고 집에 와서 집에 조명 켜놓고 한 100장 찍어서
건진 건데, 2020년 사진은 한 달 정도 유럽 여행을 갔을 때인데,
여행 사진은 많지만 셀카는 거의 없었다. 머리가 짧을 때는
꾸미지 않으니까 예쁜 나를 남길 마음이 없어서 셀카를 거의 안
찍었다.

럼럼　나도 사진을 찍는 각도에 변화가 있다. 어린 시절에는
얼짱 각도가 유행해서 45도 셀카와 위에서 찍은 셀카가 많다.
그다음에는 앞에서 찍었다가 탈코르셋 후에는 밑에서 찍었다.
이전엔 턱에 콤플렉스가 있어서 위에서 찍어서 가렸는데,
숏컷에는 각진 턱이 어울려서 만족스러웠다. 코로나 이후로는

거의 마스크 쓴 사진밖에 없다. 난 그냥 마스크를 열심히 끼고
다녀서 그런 줄 알았는데 지금 돌아보면서 생각해 보니 하관을
가릴 수 있으니까 아무렇게나 찍어도 마음에 들었던 거다.
2020년 이후의 사진은 계속 마스크를 끼고 있다.

♡*°

다회　요즘은 셀카를 예전만큼 많이 찍지 않는다. 가장 큰
계기는 ☺코로나19였다. 마스크를 쓰게 되면서 얼굴이 반
정도 가려지니까 보여주는 것에 대한 부담감이 줄어들었다.
그래서 출근 준비하는 시간도 줄어들고 편하게 다니게 되었다.
인스타그램도 작년까지는 일주일에 한 번씩은 꼭 올렸던 것
같은데, 주말에 시간 내서 예쁜 카페를 가던 게 요즘엔 큰 의미가
없어진 것 같다. 머리도 허리까지 길렀다가 숱도 많고 관리하기
힘들어서 단발로 싹둑 잘라버렸다. 이제는 남들에게 보이는
것보다는 나에게 편하고 어울리는 스타일을 찾게 된다.

　　작년에는 이별을 겪으며 연애관이 달라졌다. 내가 시력이
안 좋다 보니 안경알이 정말 두꺼운데, 남들에게 안경 쓴 모습을
보여주기 싫어한다. 그런데 그런 모습으로 편하게 있어도 사랑해
줄 수 있는 사람을 만나기로 결심했다. 이렇게 생각하니까
마음도 편해지고 다니는 것도 편해졌다. 이전에 우울했던 것도
이별을 극복하며 함께 해결한 것처럼 느껴진다.

☺　　국내 성인 여성 330명을 대상으로 코로나19로 인한 마스크 착용 이전/
　　이후 메이크업 정도에 대해 조사한 결과, 코로나19 이후 메이크업
　　정도가 이전보다 낮은 것으로 나타났다.

♡*°

가빈　셀카는 지금도 찍는다. 그런데 한 장을 건지자는 마음보다는 '이때의 내 모습'을 남긴다는 마음으로 찍는다. 다큐멘터리 찍듯이.

헵시　두 셀카 사이에는 어떤 차이가 있을까?

가빈　건지기 위해 찍는 셀카는 공장에서 찍어내는 느낌이다. 50~100장 찍고 그중에 좋은 거 골라서 보정하는 과정을 거치는데, 찍는 이유가 없다. 그냥 오늘이 날이라서 찍는 거다. 다큐멘터리처럼 찍는 것은 갑자기 찍는 게 아니라 이유가 있는 셀카다. 오늘 내가 어떤 친구를 만났는지 기록하고 싶어서 찍는 셀카. 그런 사진은 보면 이날이 어떤 날이었는지, 이때 뭘 했는지 기억이 난다.

헵시　2022년의 강아지 셀카가 귀여운데, 이것도 다큐멘터리 같은 셀카일까?

가빈　딱 맞다. 이모의 강아지 '후쿠'와 찍은 것이다. 2021년에 강아지 인형이랑 찍은 셀카는 꾸미고 찍은 건데, 인형은 힘들어하지 않으니까 내가 원하는 사진을 얻을 때까지 찍을 수 있다. 하지만 후쿠와 찍을 때는 빠르게 찍고 풀어줘야 하니까 잘 나오는 것보다는 함께 찍는 것에 의미를 두고 찍었다.

✳˙♡

헵시 이전에는 완벽하게, 과하게 꾸미는 게 트렌드였는데 요즘은 그걸 촌스럽게 여기는 분위기가 있다. 지금은 꾸미는 여자들도 전부 다 ⇧**상수룩**으로 입고 다니는 느낌이다. 이제는 더 복잡해졌다. 저항의 포인트가 2017년에는 자유롭게 꾸미는 것, 2019년에는 안 꾸미는 것 이런 식이었는데 지금은 트렌드도 '꾸안꾸'고… 나는 어떻게 해야 하지? 나의 정치적 지점을 외모로 딱 정하기는 어려운 것 같다. 이제는 그런 걸 정하지 않고 이것저것 실험하려 한다.

던던 내 2020년 사진을 보면 제니가 ◉**앞머리 탈색**한 시기다. 제니 머리를 따라 했다기보다 '힙한 애는 앞머리를 탈색한다' 이런 게 있었고 그래서 한 거였다. 또 2017년, 2018년에 했던 짧은 머리를 마음에 안 들어 했고 긴 머리를 그리워했다. 그래서 졸업 사진은 긴 머리 가발을 쓰고 찍었다. 원서 사진은 이 머리 그대로 찍었는데 대학교에서 내 머리를 보고 어떻게 생각할지 걱정됐다. 그래서 앞머리만 따로 픽스아트로 까맣게 보정했다.

⇧ 주로 여유 있는 바지에 셔츠를 넣은 옷차림을 지칭한다. 홍상수 감독이 입은 하늘색 셔츠와 베이지색 바지 스타일이 시초가 되어 '상수룩'이라는 별명이 붙었다. 편하면서도 단정한 스타일로, 20-30대 직장인 여성들이 이렇게 입은 모습을 자주 볼 수 있다.

◉ 2020년 블랙핑크의 싱글 《How You Like That》에서 제니가 선보인 헤어스타일로, 헤어라인 주변의 머리카락만 새하얗게 탈색한 스타일이다. 당시 뉴트로 트렌드의 영향으로 머리를 일부만 탈색하는 블리치 스타일이 유행했다.

제옹　머리 짧은 게 싫어서 가발 쓴 것도 공감된다. 초등학교 6학년 때 숏컷을 했는데 뒤에서 "남잔지 여잔지 맞혀봐" 이런 애기도 많이 들었다.

일동　(경악)

제옹　당시에 인터넷 소설에 빠져있었고 소설에 나온 숏컷의 예쁨 때문에 했던 건데, 그 일이 트라우마로 남았다. 이후로는 트라우마로 남아서 머리를 길러야겠다는 생각에 사로잡혀서 그때부터 계속 길렀다. 중학교 때는 뒷머리 가발이랑 피스 같은 가발 종류가 여러 개 있을 정도로 가발을 많이 하고 다녔다. 10년이 넘게 지나고 다시 숏컷 했을 때 트라우마를 겪었던 머리를 다시 하고 있다는 게 이상하게 느껴졌다.

헵시　용감하게 잘랐네. 좋게 이상했는지 나쁘게 이상했는지 궁금하다.

제옹　그 사이 어딘가였다. 그때의 트라우마를 깨고 다시 내 가치관대로 행동했다는 건 좋았고, 또 그런 구설수에 휘말리는 상황이 벌어지겠구나, 하는 두려움도 있었다.

던던　2022년 사진은 미러리스 카메라를 삼각대로 놓고서 집에서 혼자 찍은 거다. 혼자서 오랜만에 카메라 놓고 셀프로 안 보이는 화면을 상상하면서 타이머를 맞추고 찍으니까 재밌었다. 내 기록을 내가 남기는 느낌이 확실하게 들었다. 이 사진 안에

내 모습이 딱 있는 느낌이다. 딱 '던던 같은' 느낌. 그런 걸
남겨놨다는 게 기분이 좋았다.

제옹 지금 여기에는 없지만, 스튜디오에서 찍은 사진들이
있다. 2017년, 2019년도랑 같은 각도로 스튜디오에서 찍은 거다.
처음으로 혼자 전주 여행을 가서 내 모습을 남기고 싶어서 찍은
거다. 내가 예쁜 날을 남기기보단 이 상황과 추억을 남기려고
사진을 찍게 되는 것 같다.

럼럼 2020년부터는 남이 찍어준 사진을 되게 좋아했다. 그때
막 창업했었는데 나를 찍어주는 사람이 주변에 많았다. 일하는
멋진 나, 생동감 있는 내가 기록되는 게 기분이 좋아서 오히려
셀카는 많이 안 찍었고 누군가 찍어주면 좋겠다는 생각이었다.

던던 나는 2019년까지만 해도 화장하고 꾸미는 것에 죄책감이
있었다. 내가 페미니스트라면 화장하면 안 된다는 생각이 있었다.
그러다가 2020년쯤부터는 탈코르셋의 기준이 남자도 하는
일인지 따지는 것으로 변했다. 만약 내가 염색을 하고 싶을 때
이게 코르셋인가 생각하게 되는데, 그때 '남자도 염색하니까'
나도 하는 식이었다. 그쯤부터 정형화된 탈코르셋만이
페미니즘이 아니라는 걸 깨달았다. 그래서 죄책감으로부터
자유로워진 시기였다. 지금은 내가 하고 싶어서 하는 게 맞다.

헵시 자기만의 기준을 찾아가는 과정에서 처음에는 기준이
없으니까 남자를 기준으로 많이 참고하게 되는 것 같다.

제옹 나도 21년에 그 기준으로 하고 다녔다. 남자도 눈썹
그리니까 나도 거기까지 그리는 식으로 꾸몄다. 올해부터는 그런
거 다 상관 안 한다. 'just do something happy'라고 쓴 타투를
새기면서 내 가치관대로 눈치 안 보고 하고 싶은 대로 하면서
살아야겠다고 생각했다.

일동 너무 멋지다.

헵시 시간이 갈수록 더 자기를 믿게 되는 것 같다. 예전에는
확신이 없으니까 내가 선택하는 외양을 따라서 내 행동이 바뀔
거라고 생각했는데, 지금은 내가 어떤 모습이든 내가 지키려는
것이 계속 나와 함께할 거라고 믿게 되니까 고정된 이미지로부터
조금은 자유로워지게 되었다.

.ˑ˚`☆ˎ。・ 2023 – 2032 .。・:☆♪

헵시 앞으로의 10년은 어떤 모습일지 얘기해 보고 싶다. 사실
앞으로의 사회가 어떨지 알 수 없어서 나도 잘 안 그려지긴
하지만….

도이 아까 얘기했듯이 나는 다른 사람들이 사진 찍어주는 걸
무서워하는데, 앞으로는 그런 경험을 좀 더 많이 가지고 싶다.
거울 셀카에서 벗어나 타인이 찍어준, 넓은 배경에서 좋아하는
옷을 입은 내 모습을 자연스럽게 담은 그런 사진을 더 많이
찍어보고 싶다. 자기표현을 셀카에만 의지하지 않고 다른
사람의 시선 속에 담기는 내 모습까지 포용할 수 있는 사람이
되고 싶다. 20대 때는 초반이나 중반이나 얼굴이 나이 들었다는
생각이 들지 않았는데, 10년 후면 38살이다. 아마 지금과 외모가
많이 달라져 있을 것이다. 나이 들어가는 내 모습도 자연스럽고
아름답다고 생각할 수 있었으면 좋겠다. 그걸 잘하지 못할 것
같아서 벌써 걱정된다.

헵시 도이는 잘할 수 있을 것 같다. 연예인들을 보면 나이
들수록 윤곽이 뚜렷해져서 그 사람만의 얼굴이 된다는 생각이
든다. 젖살이 빠지니까 골격이 진해진다. 그런 게 멋있어 보여서
나이 드는 게 두렵기도 하지만 기대하게 된다.

예진 요즘 시대가 정말 빠르게 변한다. 트렌드나 분위기에
맞춰서 사진이 계속 변할 것 같다. 그리고 나이주의를 신경쓰지

않을 수 없다. 10년 뒤면 32살이다. 지금은 20대 초반이니까 할
수 있는 꾸밈이 있고, 사람들이 이해할 수 있는 범위가 있다.
내가 무슨 짓을 해도 쟤는 어리니까, 라는 식의 합리화가 되니까.
32살에는 제약도 많아지고 신경써야 할 시선도 많아질 것 같아
괜히 무섭다. 예를 들어 내가 키치한 옷을 32살에 입는다고 하면
욕먹을 것 아닌가.

헵시 그래도 예술을 한다는 명분이 있으니 괜찮지 않을까?
내가 상상하는 10년 뒤의 예진은 자기답게 재밌게 입고 있지
않을까 싶다. 나는 나를 컨트롤하는 게 시간이 갈수록 전보다는
잘된다는 느낌이 드는데, 10년 뒤라면 자신을 잘 알 것 같아서
기대된다. 물론 모르는 면도 여전히 있겠지만. 스타일도 더
노련한 느낌이면 좋겠다. 내가 선망하는 어른들도 입는 옷을
보면 적당히 어른 같으면서 자신만의 '쪼'가 있다. 한편으로는
그런 '어른 같은' 정제된 느낌을 가지기까지의 압박이 있을 것
같고 솔직하지 못할까 봐 걱정이다. 노련해지고 싶으면서도
약간은 방황할 수 있는 자유로운 여백이 있으면 좋겠고,
미성숙한 부분이 그때도 있으면 좋겠다.

겨자 나는 사진 찍는 걸 되게 험블Humble하게 하는 스타일인데
최근에 파리에 여행을 가서 그걸 더 느꼈다. 나 여기 왔다, 라는
느낌만 기록하려고 사진을 막 찍었는데, 에펠탑에 같이 간
사람은 엄청 정성껏 찍는 것이다. 여기서 찍어보세요, 밤에도
한번 찍으러 가요, 이러면서 폴라로이드 사진도 찍어주고.
처음에는 부담스러웠다. 사진 하나 찍는데 왜 이렇게 많은

노력을 하지? 나는 기록만 하면 끝인데. 그런데 나중에 블로그에
기록하다 보니 제대로 찍힌 사진 한 장이 기억에 남더라. 그래서
인터뷰 시작할 때 내가 빛나 보이는 순간에 셀카를 찍는다고
했는데, 앞으로 10년 20년 뒤에 돌아봤을 때 그런 빛나는 순간이
많았으면 좋겠다는 의미에서 셀카를 많이 찍고 싶다는 생각이
든다.

♡※°

가빈 앞으로도 자연스러운 모습의 나를 기록하고 싶다.
지금보다 많은 체험과 경험을 하고, 한 해가 끝날 때마다
다양한 배경에서 남긴 사진들을 보며 추억하고 싶다. 여행
가는 걸 좋아하는데 그중에서도 특히 바다를 좋아한다. 마음이
시원해지고 뻥 뚫려서. 그래서 바다에서 찍은 사진이 특히
많으면 좋겠다.

♡※°

다희 내 젊은 시절의 가장 소중한 순간을 남기는 셀카를 찍고
싶다. 요즘은 자연스러운 게 제일 예쁜 것 같다. 앱 쓰고 보정하고
필터 씌운 것보다 자연스럽게 나온 안 꾸민 모습이 행복해
보이고 예쁘다. 앞으로는 건강하고 돈을 잘 버는 사람이 되고
싶은데, 둘 중 하나라도 이루면 앞으로는 지금보다 더 예쁘지
않을까?

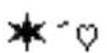

105

제옹　트렌드나 사회적인 눈치, 페미니스트는 이래야 한다는
등의 어떠한 규율 안에서 나를 자꾸 꾸미려고 했다면 이제는
다른 눈치 안 보고 내가 하고 싶은 대로 하는 10년이 됐으면
좋겠다.

던던　어떠한 것에서든 내 색이 없다고 생각했다. 옷 입는
스타일도 고정되지 않고 종류가 많고 머리도 매번 바뀐다.
'던던답다'는 것이 없어서 어려움을 느꼈다. 그런데 이렇게
보니까 다양해서 더 재밌는 느낌이다. 아마 10년 후에도 각자
다른 열 장의 사진이 나오지 않을까 싶다. 이번에 사진들 보면서
단발이 다시 보니 예뻐 보여서 다시 자를까, 하는 생각이 들기도
하고, 이럴 때 마음에 드는 과거의 요소들을 하나하나 뽑아서
다시 시도해도 다르게 적용되니까 재밌을 것 같다. 예를 들어
15살 때 했던 머리를 지금 다시 하면 다른 느낌일 테니까.

럼럼　나는 시기별로 '그때의 나'를 드러내려고 노력했던 것
같은데 오늘 애기하면서 앞으로는 좀 더 자연스럽게 힘 빼고
지내고 싶은 생각이 든다. 그런데 한편으로는 보이는 것에서
벗어날 수가 없는 것 같기도 하다. 이때는 '창업하는 멋진 나'
이런 거라면 요즘은 글을 쓰면서 살고 싶다는 생각이 있어서
작가처럼 보이고 싶은 마음이 있다. 안경 바꿨을 때 '이거 좀 작가
같은데' 이러기도 하고. 어쩔 수 없이 계속 어떤 역할의 나를
보여주고 싶어 할 것 같다.

던던　나는 항상 세 보인다는 말을 듣는다. 세 보인다는 것도

하나의 특징 아닌가. 할 말 다 할 것 같고 싸가지 없어 보이고 이런 것도 어떻게 보면 주변에서 만들어 낸 것이고, 내가 굳이 남들의 기준에서 순해 보여야 하나 싶기도 하다. 그 이미지에 부합하게 살아도 되는 거고, 그 사람들이 만들고 내가 그렇게 불리는 것에 그렇게 크게 연연하지 않게 되었다.

제옹 어렸을 때부터 센 이미지로 꾸미다 보니까 다가가기 어렵다는 말을 많이 들었다. 고등학교에 처음 갔을 때는 친구들이 다 "너한테는 무서워서 말 걸기가 좀 그랬어" 이랬다. 근데 나도 그 상황이 나쁘진 않았다. 다가가기 어려운 게 좀 만만하게 보이지 않는다는 거니까 당당해 보인다고 느껴지기도 했다.

럼럼 나는 그런 선망이 있었다. 세 보이고 싶은데 내가 너무 만만해 보였다. 그래서 화장할 때도 그랬고 머리 자르고도 그랬고 강하게 나온 사진을 올리고 싶어 했다.

헵시 나도 그래서 예전에 화장을 열심히 했던 건데, 이제는 편하게 지낸다. 어차피 중요한 순간에 내가 나를 지킬 수 있다고 믿으니까.

마무리 소감

헵시 인터뷰를 마무리하면서 소감을 듣고 싶다. 프로젝트에 원하는 점이 있으면 자유롭게 들려주어도 좋다. 이 인터뷰가 디자인 프로젝트를 위한 것이다 보니, 대략 예상해 둔 양식이 있고 거기에 맞춰 편집할 것을 염두에 두고 인터뷰를 설계했는데, 그걸 넘어서서 복잡하고 다층적인 이야기가 많이 나온 것 같아 만족스럽다. 디자인 과정을 거치며 단순화되는 한계 안에서 어떻게 이야기를 잘 녹일 수 있을지가 남겨진 고민이다. 프로젝트랑 별개로는 그냥 친구들과 대화해서 재밌었다.

제옹 사람 사는 거 다 똑같다고 느꼈다. 각 시기에 들었던 생각들이나 그 이후에 뻗어간 생각들이 비슷한 맥락이 많아서 공감하면서 들었다.

던던 주변에 이렇게 페미니즘 이야기, 성적 지향 이야기를 할 사람이 많지 않다. 다들 입 밖으로 잘 꺼내지도 않는다. 지금의 나는 같은 여자끼리 있어도 얘가 페미니즘을 싫어하는 사람일 수도 있겠다는 걱정이 들 때도 있다. 특히나 처음 본 사람한테 그런 얘기를 잘 안 하게 되는데 처음부터 이런 주제를 가지고 만나서 얘기를 하니까 재미있었다. 그리고 내 여자친구 말고는 성적 지향 얘기를 같이 할 사람이 없었다. 그런데 이렇게 친구 생긴 느낌으로 같이 얘기하고 웃으니 즐거웠다.

럼럼 셀카를 보면서 페미니즘과 퀴어 이야기를 이렇게까지
많이 할 수 있을 줄 몰랐다. 이렇게 또 모아놓고 보니까 더
재밌다. 다 같이 서로의 흐름을 보고 유행했던 것들, 사회적
분위기를 돌아보니 의미 있었다.

+°*。

겨자 다들 사진을 찾기 위해 과거부터 현재까지를 훑는 과정을
거쳤을 텐데, 나는 셀카도 셀카지만 사건을 다시 보는 게 너무
재미있었다. 그때 일어난 일들과 예전에 알던 사람들, 과거의
나를 보는 게 사실 셀카를 찾는 것보다 더 재미있었던 것 같다.
그래서 프로젝트가 발전되면 그런 이야기도 다루면 좋겠다.

다솔 내 사진이 없다 보니 말하기 조심스러웠지만, 너무 즐겁게
잘 들었다. 초대해 주셔서 감사하다.

예진 인터뷰 재미있었다. 내가 이전에 여성 인권 운동을
현장에서 했었는데 너무 꾸미고 다니니까 친구들이 별로
안 좋아했다. 그 당시에 나를 좋아했던 애들은 내가 이렇게
활발하게 여성 운동을 해서 좋아했는데 알고 보니까 너무 꾸밈
노동을 하니까 나를 이제 미워하기 시작하는 거다.

헵시 너무해!

예진 알고 보니까 애도 이런 애네, 하면서. 요즘에는 그래서

110

그런 거 다 알 바 아니고 내가 예쁜 게 제일 좋아 이런 식으로 눈 가리고 아웅 하고 있었는데 이 자리에 와서 이야기하며 뭐랄까… 굳이 자신을 혐오하지 않아도 되겠다는 생각이 들었다.

■ 연표의 레이아웃도 흥미로웠다. 인스타그램 안에서 우리가 하나의 프레임 안에 갇히지 않나. 그러면서 화이트 큐브화 된다고 생각한다. 갤러리가 흰색 벽을 가진 이유는, 벽에 어떤 무늬가 있게 되면 작품이 전시되었을 때 전시 작품이 작품처럼 보이지 않고 벽지처럼 보이게 되기 때문이다. 그래서 아무것도 없는 네모난 하얀 큐브에 사진 하나만 올려두는 것이 사진을 보다 작품화시키는 구조라고 생각한다. 그 구조 안에서 사진의 영향력이 커진다는 느낌을 받아서 레이아웃을 짤 때도 참고해 보면 좋겠다.

헵시 맞다. 많이 고민하며 레이아웃을 짜고 있다. 사진을 정사각형으로 자를까, 직사각형으로 자를까, 그것도 고민했고 배경이 어느 정도 보이게 할까, 얼굴만 보이게 당겨서 자를까… 혹은 동그라미로 자를까? 동그라미는 너무 SNS의 프로필 사진 구조를 답습하는 느낌인데. 아직 완결된 고민이 아니지만 우선 기준으로 세운 것은, 셀카 이미지 하나하나의 외모에 너무 집중되지 않는 구조였으면 좋겠다. 한 사람의 변화가 바로 눈에 들어오고 연도마다의 흐름도 묶여 보였으면 한다. 그러면서도 각

■　이미지걸스는 해당 인터뷰를 진행한 2022년에는 책과 참여자들의 셀카를 담은 연표 포스터를 만들었고, 2023년 졸업 프로젝트에서는 새롭게 디자인한 책과 웹사이트를 만들었다. 이 책은 2023년의 책을 보완한 결과다.

사진이 스티커처럼 보이지 않고 중요한 소재처럼 보이면 좋겠다.
여기에 정보가 겹치게 되면 또 어떤 모습이 될지 모르겠다.
잘해보겠다.

겨자 재미있게 할 수 있는 게 많을 것 같다. 스토리에 사진을
올릴 때 배경 컬러가 추출되는 것처럼 할 수도 있을 것 같고….
아무튼 화이팅!

도이 셀카를 찍으면서 페미니즘에 부합하지 않는다고 여겨지는
모습을 부끄러워했다. 그래서 정말 제한된 사람들에게만
보여줬다. 내가 지금 하는 게 주체적 섹시인가? 단순히 그런
의미만은 아닌데. 내가 욕망되기를 바라고, 다른 사람의 평가에
휘둘리기도 하고, 예쁨받고 싶은 욕망, 나의 여러 가지 부끄러운
모습에 대해 솔직하게 얘기했을 때 다들 비슷한 경험을 가지고
있다는 걸 알게 돼서 임파워링Empowering 받는 기분이 들었다.
힘이 많이 됐다.

2023년, 1년 만에 모인 이미지걸스는 요즘 어떤 셀카를 찍는지 이야기했다.

도이와 럼럼, 다희, 가빈은 모두 이전처럼 셀카를 자주 찍지 않는다고 했다. 대신 럼럼과 다희, 가빈은 기억하고 싶은 순간을 담기 위해 사진을 찍는다. 럼럼은 주말에 부스스 일어났을 때의 기분이 너무 좋아서 부어있고 졸린 자신의 모습을 찍었다고 말했다. 다희는 놀러갔을 때 본 풍경을 자주 찍는다. 가빈은 누군가 후면 카메라로 찍어준 사진이 그 상황을 떠올릴 수 있게 해주어서 마음에 든다고 했다. 도이는 작년에 애인을 만들기 위해 잘 나온 셀카를 자주 찍었는데, 올해는 애인이 생겨서 잘 찍지 않는다. 최근 친구의 결혼식에 가서 애인에게 보내주려고 하객 옷차림으로 셀카를 찍었는데, 그 모습이 자신답지 않게 느껴져 큰 충격을 받고 그때 이후 셀카에 대한 의지를 잃었다. 예진은 전면 카메라로 사진을 찍을 때 발생하는 왜곡이 마음에 들지 않아 후면 카메라로 셀카를 더 많이 찍는다. 보정 어플도 인스타그램 릴스 같은 느낌이 예쁘지 않다고 생각해서 잘 사용하지 않게 되었다. 여전히 집에 혼자 있을 때도 예쁜 옷을 차려입는다. 던던은 이제는 얼굴보단 자신의 옷차림이나 그날 나의 분위기를 기록하고 싶다고 생각했다. 다른 사람이 찍어준 사진이나 거울 셀카가 늘어났다. 최근 들어 옷으로 멋을 내는 데에 더 재미를 붙인 제옹도 전신 사진을 찍는다. 이전에 다리에 콤플렉스가 있어 반바지를 자주 입지 않았지만, 이제는 신경쓰지 않는다. 탈코르셋을 했을 때는

치마를 절대 입지 않으리 결심했는데 지금은 가끔 치마와 바지를
겹쳐 입기도 한다. 겨자는 클라이밍장에 가서 오늘 한 운동을
기록하기 위해 셀카를 찍는다. 5년 차 직장인이 된 겨자는 주중에
회사의 분위기에 맞추느라 보수적으로 옷을 입고 대신 주말에
회사에서 입었던 것과 최대한 멀어지는 옷차림을 추구하고
있다고 한다.

출처 및 참고문헌

2013 — 2015

24쪽 이정아, 「외모 관심 높은 10대, 입소문에도 민감」, 『CMN』 (2014. 1. 28.)

kwhotline, 「작년 한해 남편이나 남자친구에 의해 살해당한 여성 최소 123명」, 『티스토리』 (2016. 2. 23.)

신원철, 「권미진, 해독주스 레시피 공개 '양배추-브로콜리-당근을 갈아서…'」, 『엑스포츠뉴스』 (2013. 1. 23.)

SBS 뉴미디어부, 「[끼니반란, 그 후] 간헐적 단식으로 달라진 사람들」, 『SBS 뉴스』 (2013. 7. 15.)

김민수, 「핫한 여자 아이돌이 착용해 '인싸'는 다 따라 했던 유행 아이템 6」, 『인사이트』 (2019. 3. 2.)

구글코리아 블로그 운영팀, 「2014년, 한국인이 구글에서 가장 많이 찾은 검색어는 무엇일까요?」, 『구글코리아 블로그』 (2014. 12. 1.)

최은혜, 「'천송이 바이올렛 립스틱 비밀은?' 아이오페, 메이크업 팁 공개」, 『뉴데일리』 (2014. 2. 20.)

최지민, 「[인터뷰]뷰티 크리에이터 선두주자, 채널 구독자 20만 '씬님'」, 『뉴데일리』 (2014. 10. 6.)

25쪽 정원식, 「'응답하라' 20대 여성들, 페미니즘 도서 열풍 이끈다」, 『경향신문』 (2016. 8. 9.)

이지나, 「[이슈톡톡] 여자라서 돈 더 내라고요? 핑크 택스를 알고 계시나요?」, 『시사캐스트』 (2023. 3. 14.)

정선미, 「"모바일 시대는 만나는 방식도 달라…'틴더'로 상대를 찾으세요"」, 『조선비즈』 (2015. 5. 19.)

홍재의, 「1억명이 쓰는 셀카 앱 'B612'…구글 35개국·애플 21개국 인기」, 『머니투데이』 (2015. 10. 20.)

34쪽 싸이메라   「싸이메라」, 『위키백과』 (2024. 5. 18.)

37쪽 부치   한국레즈비언상담소, 「부치/팸/전천」, 『한국레즈비언상담소』 웹사이트 (2014. 12. 31.)

39쪽 투블럭   「투블럭」, 『위키백과』 (2024. 4. 19.)

2016 — 2018

46쪽 정원식, 「'응답하라' 20대 여성들, 페미니즘 도서 열풍 이끈다」, 『경향신문』 (2016. 8. 9.)

김효인, 「SNS 해시태그를 통해 본 여성들의 저항 실천 : '#OO_내_성폭력' 분석을 중심으로」, 『한국여성커뮤니케이션학회』 (2017. 12.)

(주)에뛰드, 「톤팡질팡 하지 말고, 에뛰드 퍼스널 컬러 팔레트 프로!」, 『와디즈』 (2017. 4. 19.)

이미경, 「"1시간 매출이 무려 7400만원"…놀라운 '인플루언서 효과' [이미경의 인사이트]」, 『한경닷컴』 (2023. 6. 5.)

조다설·김준우, 「데이터 마이닝 기법을 응용한 지능형 퍼스널 컬러 진단 시스템 개발」, 『한국지식정보기술학회』 (2017. 1.)

하어영, 「문재인 "페미니스트 대통령 되겠다"」, 『한겨레』 (2017. 2. 16.)

윤경미, 「대한민국 여성 '4명 중 1명'이 구입한 틴트」, 『뷰티누리』 (2017. 2. 27.)

KFN 이 호, 「이호익 인생네컷 대표」, 『한국프랜차이즈산업신문』 (2023. 12. 20.)

홍지인, 「인스타그램, 국내 사용자 1천만 돌파…17개월 만에 400만↑」, 『연합뉴스』 (2017. 8. 10.)

김정은, 「[원문 무삭제 포함] 한샘 성폭행 사건 파문, '진실공방' 전개」, 『뉴스투데이』 (2017. 11. 4.)

47쪽　전지은, 「2018년 SNS에서는 '마이크로 인플루언서'가 핵심!」, 『소비자 평가』 (2018. 2. 17.)

「페미니즘: 2018년 '미투 운동'이 한국 사회에 일으킨 3가지 변화」, 『BBC 뉴스』 (2018. 12. 31.)

강푸름·한예나, 「[카드뉴스] 'GIRLS CAN DO ANYTHING'이 왜 '손나은 논란'?」, 『여성신문』 (2018. 2. 14.)

이재호, 「아이린 '82년생 김지영' 독서 인증에 사진 불태운 누리꾼들」, 『한겨레』 (2018. 3. 20.)

50쪽　초커　　　　　임승은, 「여자들을 위한 즐거움, 초커」, 『보그』 (2016. 3. 16.)

처피 뱅　　　　차진주, 「라운드 VS 일자, 처피뱅」, 『싱글 플러스』 (2021. 2. 10.)

히메컷　　　　「만화 속 주인공처럼! 히메컷에 도전한 셀러브리티 5」, 『엘르』 (2023. 2. 6.)

51쪽　퍼스널 컬러　「퍼스널 컬러란?」, 『마이컬러』 (2024. 6. 11.); 「겨울 딥의 특징」, 『마이컬러』 (2024. 6. 11.)

57쪽　갓생　　　　　박현욱, 「[신조어 사전] 갓생」, 『서울경제』 (2021. 8. 1.)

59쪽　라이브 포토　「라이브포토」, 『네이버 지식백과』 (2024. 6. 11.)

61쪽　폴댄스　　　　「폴댄스」, 『위키백과』 (2024. 5. 5.)

65쪽　안희정 성폭력　「안희정: '비서 성폭력' 징역 3년 6개월 확정」, 『BBC 뉴스』 (2019. 9. 9.)

66쪽　탈코르셋　　　「탈코르셋」, 『위키백과』 (2023. 10. 3.); 「탈코르셋」, 『페미위키』 (2023. 1. 2.)

68쪽　강남역 살인사건　「'서울역 폭행' 등 여성 표적 범죄 늘어… 묻지마 범죄일까, 여성혐오 범죄일까」, 『BBC 뉴스』 (2020. 6. 15.)

70쪽　혜화역 시위　윤김지영, 「'불편한 용기'의 분노는 한국 사회를 어떻게 바꿨나」, 『한겨레』 (2018. 12. 29.)

71쪽　슬럿 셰이밍　「슬럿-셰이밍은 그만!」, 네이버 포스트 『고래가 그랬어』 (2017. 4. 25.)

72쪽　브래지어　　이세아·김규희, 「코로나가 준 자유…'탈브라' 바람이 분다」, 『여성신문』 (2021. 6. 27.)

74쪽　넘사벽　　　　「넘사벽」, 네이버 지식백과 『대중문화사전』 (2023. 11. 2.)

2019 — 2022

80쪽　정지우, 「'꾸안꾸' 트렌드, 무수한 욕망이 지저분하고 귀엽게 뒤섞인 모양새」, 『ㅍㅍㅅㅅ』 (2020. 1. 16.)

구단비, 「합성 포르노 '딥페이크'…피해자 25%는 '한국 女연예인'」, 『머니투데이』 (2019. 10. 10.)

「2020 인플루언서 콘텐츠 이용 행태 조사」, 『DMC미디어』 (2021. 2. 5.)

이상현, 「눈 빼고 '색조' 줄고 '기초'는 급증…코로나19가 바꾼 화장품 수요」, 『일간NTN』 (2021. 4. 25.)

81쪽　반진욱, 「2030 사이 불어닥친 '바디프로필' 열풍…몸 가꾸고 뽐내고 MZ세대 '취향 저격'」, 『매일경제』 (2021. 7. 21.)

최준혁, 「"예쁘지 않나요?"…에스파 카리나, 취향 밝히며 재조명 되는 과거 학창시절」, 『AI타임스』 (2021. 1. 12.)

「[브알 #21] 앰버서더 마케팅이 알고 싶다」, 『응답하라 마케팅』 (2022. 5. 13.)

박성은, 「결국, 잠정 중단된 스캐터랩 AI 챗봇 이루다 사태가 보여준 문제 3가지」, 『살구뉴스』 (2023. 2. 8.)

최영준, 「화들짝 놀란 GS25…디자이너 징계에 팀장은 보직 해임」, 『서울이코노미뉴스』 (2021. 5. 31.)

이베트 탄 & 웨이 입, 「안산: 한국 여성들이 다시 숏커트를 하는 이유」, 『BBC 뉴스』 (2021. 5. 31.)

조이음, 「소식좌 박소현X산다라박의 먹방 '밥맛없는 언니들'」, 『머니투데이』 (2022. 9. 14.)

김유민, 「"어린이를 성적 대상으로 바라보나" 명품브랜드 광고 논란」, 『서울신문』 (2022. 11. 26.)

85쪽　프리쿠라　　　「화제의 "프리쿠라" 뜻? 프리쿠라 용어(…)」, 『WeXpats』 (2022. 3. 11.)

　　　#OpenToWork　LinkedIn, 「리크루터에게 구직 중임을 알리기」, 『LinkedIn 고객센터』 (2023. 9.)

86쪽　아이폰 감성　　강소현, 「아이폰 감성, 넌 계획이 있었구나」, 『머니S』 (2020. 9. 29.)

87쪽　퍼스널 브랜딩　LX 인터내셔널, 「'퍼스널 브랜딩'이 도대체 뭐길래? 지금 알아야 하는 이유!」, 『LX 인터내셔널』 (2022. 7. 28.)

88쪽　이수역 폭행　　김소영, 「'이수역 폭행' 청와대 청원 하루만에 10만 명 돌파…경찰 수사」, 『KBS 뉴스』 (2018. 11. 14.); 손현수, 「논란의 2018년 이수역 사건…대법원, 남성에 벌금형 확정」, 『한겨레』 (2021. 5. 7.)

89쪽　픽시컷　　　　「Pixie cut」, 『Wikipedia』 (2024. 6. 8.)

92쪽　레즈비어니즘　「정치적 레즈비어니즘」, 『페미위키』 (2023. 1. 2.)

94쪽　코로나19　　　김수영·리순화, 「코로나19로 인한 마스크 착용과 메이크업 만족도, 목표지향적 태도의 상관관계」, 『융합정보논문지』 제10권 제12호, Korea Science (2020. 10. 12.)

96쪽　상수록　　　　「상수록」, 『나무위키』 (2024. 3. 27.)

　　　앞머리 탈색　　송명경, 「제니의 '앞머리 탈색' 내가 하면 슬리피?!」, 『코스모폴리탄』 (2020. 6. 29.)

이미지걸스

2024년 8월 30일 발행

도이 겨자 다솔 예진 럼럼 제옹
던던 다희 가빈 수운 혜림 헵시

지은이 이미지걸스
전자우편 hepzibakim@gmail.com

발행처 인디펍
발행인 민승원
출판등록 2019년 1월 28일 제2019-8호
전자우편 cs@indiepub.kr
대표전화 070-8848-8004
팩스 0303-3444-7982

기획·디자인·편집 김헵시바·주혜림·이수운
교정·교열 박채연

© 김헵시바, 주혜림, 2024

정가 13,000원
ISBN 979-11-6756-584-6 (03330)

인쇄·제책 쌩큐컴퍼니

사용 서체 상아·지백·Barteldes·Hiragino Sans·Unifont·PF Pixelscript

도움 주신 분들
박하늘
민동인
장유정 양세희 지현
최슬기 신해옥 신인아
이원호 허진욱 계원예술대학교 시각디자인과 학우들
문윤기
라임
텀블벅 후원자 여러분

참고한 프로젝트와 책
『(Not) Your Typical Narcissist』, notyourtypicalnarcissist.com; 유지원 기획,
신인아 디자인 (2018~)
불도저 프레스, 『COOL #6: BEAUTY』, 안초롱·양민영 기획-편집-아트워크 (2021)
김주현, 『외모 꾸미기 미학과 페미니즘』, 책세상 (2009)